제주 미술관 여행

지은이   김세종

발 행   2017년 04월 24일
펴낸이   한건희
펴낸곳   주식회사 부크크
출판사등록   2014.07.15.(제2014-16호)
주 소   경기도 부천시 원미구 춘의동 202 춘의테크노파크2단지 202동 1306호
전 화   (070) 4085-7599
이메일   info@bookk.co.kr

ISBN   979-11-272-1508-8

www.bookk.co.kr

제주
미술관
여행

김 세 종

BOOKK

내 모든 것을 주신
사랑하는 엄마 아빠께.

차례

프롤로그 공항

공항 대기실 의자에 앉아 비행기를 기다린다. 아침부터 바쁘게 움직인 탓인지 비행기 시간보다 훨씬 일찍 도착했고, 덕분에 탑승구 옆 의자에 앉아 아직 오지 않은 비행기를 기다리고 있다. 활주로를 달려 하늘로 솟구쳐 오르는 비행기들을 바라보다가 문득 나의 이 여행에 대해 생각하게 된다. 한 달간 제주도의 모든 미술관을 여행하겠다는 나의 계획. 거창할 것 없는 여행이지만 막상 비행기를 기다리고 있는 이 순간, 갑자기 불안감이 인다.

"한 달, 나 잘하는 것이겠지?"

"응, 잘하는 거야. 지금 다녀오지 않으면 앞으로 몇 년을 두고 후회

하면서 제주도를 그리워하며 지내게 될 거야."

스스로 묻고 스스로 답한다. 그럴 것이다. 지금 떠나지 않는다면 이때 떠나지 못한 것을 두고두고 후회하면서 지낼 것이다, 나는.

사실, 한 달쯤 전에 며칠간 제주도를 여행했었다. 그때 가볍게 했던 생각이, 제주도엔 많은 예술가가 머물렀었고 또 크고 작은 미술관이 많으니 미술관만을 돌아보는 제주여행도 꽤 의미 있겠다는 생각이었다. 짧은 여행을 마치고 다시 일상으로 돌아간 어느 밤, 산책하러 나갔다가 소나기를 만났다. 비를 피해 들어간 카페에 앉아 비가 그치길 기다리다가 갑자기 이 제주도 미술관 여행을 이번 여름에 꼭 떠나야겠다고 생각했다. 그 시간, 그곳에서 왜 그런 생각이 들었는지는 모르지만 그 생각은 매우 강한 열망이 되어, 집으로 돌아와서도 나는 여행을 꿈꾸며 한동안 잠들지 못했다. 생각이 많아질수록 마음은 더욱 뚜렷해져서 다음날 곧장 비행기 티켓과 숙소를 알아보기 시작했다. 이것이 불과 2주 전. 지난 2주 동안 나는 여행을 준비하면서 제주도 미술관들의 정보를 검색했으며 나만의 미술관지도를 만들었다. 그리고 가장 중요한 것. 미술이라는 것에 대해, 감상이라는 것에 대해, 예술이라는 것에 대해 내 나름의 생각들을 정리하기 시작했다.

그림 감상이 뭘까. 누가 그린 것이고, 뭘 그린 것이고, 뭐로 그린 것이고, 누구의 의뢰를 받았고, 어떤 뒷이야기가 있는지 아는 것이 감상인 줄 알았던 때가 있었다. 이때는 그림 볼 엄두가 나지 않아 미술관에 가 본 기억이 없다.

그림 보는 것은 이렇게 시작하지 않는다. 물론 그림을 잘 감상하려면 당연히 공부해야 한다. 하지만 감상의 기본은 그림 앞에 서서 그림을 보는 것뿐이다. 그림을 보면서 마음에 드는 생각과 느낌을 들여다보는 데에서 시작하면 된다. 어떤 그림은 재밌고 어떤 그림은 슬프고 어떤 그림은 자꾸 보고 싶고 어떤 그림은 마음을 흔든다. 그런 느낌들이 모두 그림 감상이다. 심지어 그림을 보며 들었던 어렵다는 느낌마저도 그림 감상이다.

나는 감상에 있어서 이게 가장 중요하다고 생각한다. 공부는 이 느낌 이후에 더 알고 싶고 더 이해하고 싶을 때 해도 될 것 같다. 첫걸음은 그림 앞에서 그냥 자기 마음에 이는 생각을 들여다보면 될 뿐이다. 공부를 많이 해서 아는 게 많아지더라도 감상하는 방법은 크게 다르지 않을 것 같다.

내가 미술관 여행을 떠날 수 있었던 것도 이런 생각에서 비롯되었다. 공부를 많이 한 분들이 보시기엔 철없는 생각, 무지의 용기라고 여기실지 모르지만 적어도 예술이라는 것이 마음을 표현하는 하나의 방법이라는 점에서 보면 이렇게 감상하는 것이 작품을, 그리고 작가의 마음을 솔직하게 마주하는 유일한 방법이라고 생각한다.

그리고 이것이 그림 앞에 선 나 자신의 마음을 돌아보는 길일 거라 생각한다. 예술이 무엇이냐고 묻는다면, 또 예술의 효용이 무엇이냐고 묻는다면 결코 한두 마디로 대답할 수 있는 것이 아니지만 적어도 나는, 예술이라는 것이 내 마음 속 아련한 어떤 느낌을 살짝 건드려주는 무엇 아닌가 하는 생각이다. 이런 면에서 예술의 효용은 결국 내 마음 돌아보기일 수 있겠다. 요즘 미술치료, 음악치료 등 예술치료가 심리 치유에 이용되는 것도 예술의 이러한 효용, 예술이 가진 이러한 속성에 기인한 것이라는 생각이다.

나는 이 여행에서 몇 가지 원칙 같은 것을 정해두었다. 첫째, 가능하면 버스로 여행하면서 많이 걷고 싶다. 나는 제주도 여행을 많이 한 편이다. 그러나 지금까지의 여행은 모두 길어야 5일을 넘지 않는 짧은 여행이었으며 렌터카를 이용한 여행이었다. 버스로 여행한다면 렌터카만큼 빠르고 효율적일 수는 없겠지만 대신 여행에서 마주하는 우연한 만남의 가능성은 훨씬 클 것 같다. 더불어 그러한 만남에서 제주도의 속살이랄까, 그동안은 느껴보지 못한 제주의 내밀한 모습들을 볼 수 있을 것 같다. 한 달이라는 시간적 여유가 있으니 이 시간 동안은 적어도 제주 사람처럼, 어떤 면에서는 제주 사람보다 더 제주 사람답게 지내보고 싶다.

둘째, 모든 미술관을 가보되 미술관만 가보지는 말자는 것이다. 여행의 테마를 미술관으로 정했으니 한 달 동안 모든 미술관을 빠짐없이 가보고 싶긴 하다. 하지만 모든 미술관을 다 돌아보아야 한다는 목적의식에 빠져서 다른 데는 지나쳐버리는 어리석은 짓은 하고 싶지 않다. 그간의 제주 여행에서 여러 이유로 미루어두었던 곳들, 특히 마음을 울리는 곳들을 가보고 나만의 느낌을 새겨보고 싶다. 그중에서도 한라산 백록담과 마라도는 기대가 크다.

셋째, 그림을 보고 여행을 하면서 내 마음을 돌아보고 싶다. 우리말이 참 오묘한 것이, 영어로 draw에 해당하는 '그리다'와 miss에 해당하는 '그리다'가 우리말로는 똑같다. 마음에 그리면 그리운(miss) 것이고 화판에 그리면 그리는(draw) 것이다. 그러니 그림이라는 것은 마음에 일어난 어떤 그리움을 캔버스나 종이에 그린 것이 된다. 이런 점에서, 그림은 곧 그리움의 표현이다. 나는 가끔 한국 근현대 화가들의 그림을 볼 때, 이렇게 그림 속에서 풍기는 그리움의 정서를 좋아한다. 그 아련하고 묵직한 느낌이 마음에 전해질 때면 예술이 전해주는, 말로는 표현하기 어려운 그 무엇인가를 알 것만 같다. 이 여행을 하면서 나는 가능한 많은 것들을 마음으로 받아들여 자꾸만 무뎌져가는 것 같은 내 마음을 들여다보고 싶다.

이런저런 생각을 하는 동안 탑승시간이 되었고, 나를 태운 비행기는 순식간에 떠올라 하늘 위를 날았다. 언제 보아도 신기한 풍경들, 아래로 솜 같은 구름 덩어리들이 가득하다. 나의 제주 미술관 여행은 이렇게 시작된다. 약간의 떨림과 불안감을 안고 있지만 그러한 생각들로 인해 마음만은 어느 때보다 흥미진진하다. 모든 여행이 그렇듯 나의 여행도 이러한 희망과 기대감으로 시작된다.

익숙하지만 얽매여 있던 곳을 벗어나 낯선 곳으로의 여행이 바야흐로 시작된다. 지금.

01 이중섭미술관

일요일, 서귀포시에 있는 이중섭미술관에 가느라 일찍 집을 나섰다. 내가 머무는 곳은 제주시 서쪽 외곽에 위치한 외도동. 키 높은 야자수가 가로수로 서 있고 바다가 내려다보이며 고도를 낮추는 비행기를 심심치 않게 볼 수 있는 곳이다. 버스정류장에 도착하니 이름이 우렁이마을 정류장이다. 우렁이마을이라... 생각보다 정감이 간다. 버스를 기다리자니 아직은 아침인데도 햇볕이 뜨겁고 기온도 높아 벌써 땀이 흐른다. 앞으로 고생 좀 하겠구나 싶다.

한참을 달린 버스에서 내려 서귀포 바닷가를 향해 내려가면 이중섭 미술관이 보인다. 솔직하게 말해서 이중섭미술관에 처음 들어서서 받는 인상은 아마 실망감일 수 있다. 이중섭의 유명세에 비해 그의 작품이 많지도 않고 그나마 전시되어 있는 것도 유명한 작품이 아니기 때문이다. 이중섭이 아내에게 남긴 팔레트가 근래에 전시되어 호기심과 상상력을 자극하긴 하지만 그것만으로는 여전히 아쉬운 것이 사실이다. 그럼에도 불구하고 나는 제주도를 여행한다면 이곳에는 꼭 와봐야 한다고 말하고 싶다. 제주라는 곳이 원래 겉만 훑고 지나는 여행자에게는 자기 속내를 드러내 보이지 않듯이 이중섭미술관도 제 속내를 쉽게 보여주지 않는다. 이중섭에 대해 조금씩 알아가야만 보이는 것과 느껴지는 것이 늘어간다. 이중섭미술관은 그런 곳이다.

지금이야 이중섭의 작품이 워낙 귀해져서 쉽게 집할 수 없지만, 예전에는 이곳에서 이중섭의 작품들을 기획전시 형태로 전시하곤 했다. 물론 구하기 어려운 작품들은 복제본이 걸리기도 했지만 그렇게라도 이중섭의 여러 작품을 만날 수 있었던 것이 매우 다행이었다고 생각한다. 특히 어느 여름, 조용한 이 미술관에서 이중섭의 대표작 〈흰 소〉(복제본)를 보았을 때의 충격은 결코 잊혀지지 않는다. 그림은 분명 정지되어 있는데 그림 속의 소는 금방이라도 들어 올린 앞발을 내디딜 것처럼 느껴졌기 때문이다. 그림이 이럴 수 있나 싶어 마음을 가다듬고 다시 보는데도 그림 속의 소는 힘찬 기운을 뿜어내고 있었다. 신기한 마음에 한참을 바라보다가 다른 그림들도 자세히 바라보니 작품마다 모두 격렬하게든 고요하게든 제각각의 역동성을 갖고 있었다.

뭐랄까, 그림 자체의 생명력이라고 하면 적당한 표현이 될지 모르겠다. 미술작품을 처음 본 것도 아니고 유화를 처음 본 것도 아닌데 왜 이 그림들은 이렇게 살아 움직이는 듯한 생동감을 갖고 있는 것인지. 훗날 나는 이때의 경험이 바로 내가 그림에 대해 눈을 뜬 날이라고 생각하게 되었고, 이후로는 그림을 보는 하나의 기준이 되었다.

미술관 1층 상설전시실에는 〈흰 소〉와 같은 느낌을 주는 그림들이 걸려있지는 않다. 〈섶 섬이 보이는 풍경〉, 〈선착장을 내려다본 풍경〉, 〈꽃과 아이들〉 등의 유화와 그의 유명한 은지화 몇 점, 그리고 그가 부인에게 쓴 편지와 〈자화상〉 등이 전시되어 있지만 역시 아쉬움이 남는 것은 어쩔 수 없다. 그런 마음 뒤로 하고 2층에 올라 다른 작가들의 기획 전시를 둘러보고 3층 옥상에 오르면 서귀포 앞바다가 시원하게 보인다. 물론 삐죽삐죽 솟아오른 건물들이 있지만 그런 것쯤은 마음으로 걸러낸 채 바다를 본다. 이중섭이 보았을 섶섬과 문섬도 한눈에 들어온다. 언젠가 이곳을 다녀간 내 오랜 친구는 이 옥상에서 바라본 서귀포의 바다가 잊히지 않는다며 그때의 햇살과 바람, 그리고 그 순간의 느낌이 인상적이었다고 말했다. 그 느낌을 모르지 않는 나도 이 자리에서 바라보는 바다와 이곳의 느낌을 좋아한다. 한동안 서서 오랜만에 마주하는 서귀포 앞바다를 바라보았다.

미술관을 나오면 바로 앞에 이중섭 가족이 제주도에 피난 와서 머물던 집이 보존되어 있다. 겉에서 보기에 제주 초가집의 넉넉한 품새를 느끼게 하지만 가까이 가서 보면 이중섭 가족이 머물던 공간은 집의 오른쪽 귀퉁이 부엌 딸린 방 한 칸이다. 네 식구가 같이 누울 수나 있을지 의심스러울 정도로 너무나 좁은 방과 방문 앞에 놓인 작은 부뚜막 두 개. 마음이 아련하다. 게다가 그의 가족은 제주에 빈손으로 건너왔기 때문에 이곳에 도착한 얼마간은 이웃에서 얻어다가 끼니를 때웠고, 얼마 후 받기 시작한 배급도 턱없이 부족했기 때문에 생활이 무척 곤란했다고 한다. 그럼에도 불구하고 훗날 이남덕(결혼한 후 이중섭이 지어준 한국 이름) 여사는, 힘겨웠던 시절이었지만 가족이 함께 모여 살 수 있어서 행복했었다고 회고했다. 어려운 환경에서도 행복을 느끼며 살았다는 말이 여간 감동스럽지 않다.

주거지 옆으로는 이중섭이 앉아서 바다를 바라보았다는 자리와 여러 나무를 복원해 놓았고, 그 옆에 이중섭이 앉아 있는 조각 작품을 설치해서 그의 흔적을 기억하고 있다. 여기를 중심으로 작가의 산책길이 시작되기도 한다.

한편 어려서부터 소를 그려온 이중섭은 전쟁 난리를 겪느라 한동안 소를 그리지 못하다가 이곳 제주도에 와서야 다시 제대로 그릴 수 있었다고 하는데, 내가 그토록 감동했던 이중섭의 대표작 소 그림이 이곳에서 틀을 갖추었다는 사실을 생각하고 이 마을 어딘가에서 소를 뚫어져라 보고 있었을 이중섭을 상상해보며 발걸음을 옮겼다.

이중섭

이중섭의 그림에 대해 이야기하다 보면 그의 삶에 대해 이야기하지 않을 수 없다. 삶의 굴곡을 모두 이야기할 수는 없겠으나 대략적인 연보는 다음과 같다.

1916. 4. 10. 1세. 평안남도 평원군 조운면 송천리에서 이희주와 안악 이씨 사이에서 3남매의 막내로 출생. 아버지 쪽은 대지주, 어머니 쪽은 평양의 민족자본가 집안.

1929. 14세. 오산 고등보통학교에 입학하여 미술부 가입. 문학수를 만남.

1931. 16세. 임용련과 백남순이 학교에 부임했고 이들은 이중섭이 장래의 거장이라고 칭찬. 소를 즐겨 그리기 시작했고, 미술 기법 면에서 다양한 방법을 시도.

1932. 17세. 식구들이 가산을 정리하고 원산으로 이사.

1935. 20세. 졸업 후 미술 공부를 위해 프랑스로 갈 계획을 세우고 일본으로 건너가 도쿄의 데이고쿠미술대학에 입학.

1936. 21세. 3년제의 전문 과정인 분카가쿠잉에 입학.

1938. 23세. 일본 도쿄를 근거지로 활동하는 미술가들이 만든 단체인 지유비주쓰카교카이(지유텐)의 제2회 전람회에서 입선하고 협회상을 수상. 일본의 몇몇 평론가들이 이중섭의 작품을 극찬.

1940. 25세. 2년 후배인 야마모토 마사코와 사랑에 빠짐. 이 무렵부터 개성박물관에 들러 연구와 스케치에 몰두. 연말부터 마사코에게 그림만으로 된 엽서를 보내기 시작.

1941. 26세. 마사코에게 보내는 엽서 그림을 본격적으로 그리기 시작하여 이 해에만 90점 가까이 보냄. '素塔'이라는 호를 사용. 어린이 그림을 연구함.

1942. 27세. 마사코의 모습을 담은 연필화 〈여인〉을 그렸으며 여기에 '大鄕'이라는 호를 사용.

1943. 28세. 제7회 지유텐에 작품 출품, 〈망월〉로 특별상인 태양상 수상.

1945. 30세. 마사코가 배를 타고 원산으로 와서 5월에 결혼했고, 아내의 이름을 이남덕으로 바꿈. 평양에 갈 때마다 서예가이자 수집가로 이름 높은 김광업 등으로부터 우리 문화재에 대한 가르침을 받음.

1946. 31세. 첫 아들이 태어났으나 곧 죽음. 이때 아이의 관에 복숭아를 쥔 어린이를 그린 연필화 여러 점을 넣음.

1947. 32세. 아들 태현 출생.

1949. 34세. 둘째 아들 태성 출생. 박수근과 자주 교유. 하루 종일 소를 관찰하다가 소 주인에게 도둑으로 몰려 고발당함.

1950. 35세. 12월 초에 전쟁을 피해 부산에 이름.

1951. 36세. 가족과 제주도로 건너가 서귀포에 도착. 〈피난민과 첫눈〉
　　　은 이때의 체험으로 그림. 제주에서 오랜만에 평온한 눈빛을 지
　　　닌 소를 보고 다시 소 그리기에 열중. 서귀포에서는 〈서귀포의
　　　환상〉, 〈섶섬이 보이는 풍경〉, 〈바닷가의 아이들〉 등을 그림. 12
　　　월 무렵 다시 부산으로 옮겨감.

1952. 37세. 부인이 폐결핵에 걸리고 아이들이 병들어 부인과 두 아들
　　　은 일본인 수용소에 들어갔다가 여름에 일본으로 건너감.

1953. 38세. 일본으로 건너가 아내와 아이들을 만나고 일주일 만에 돌
　　　아옴. 이때 지니고 있던 불상과 태양상의 부상으로 받은 팔레트,
　　　그리고 70매 가량의 은박지 그림들을 부인에게 맡김. 이 무렵부
　　　터 아내와 아이들에게 보내는 편지에 그림 동봉. 8월에 통영으로
　　　가서 제작에 몰두하여 〈달과 까마귀〉, 〈떠받으려는 소〉, 〈노을 앞
　　　에서 울부짖는 소〉, 〈흰 소〉, 〈부부〉 등 여러 작품을 완성.

1954. 39세. 통영을 떠나 진주로 갔다 대구를 거쳐 서울에 올라옴.

1955. 40세. 서울 미도파 화랑에서 개인전을 개최. 대구로 내려가 작
　　　품을 제작하여 대구 미국문화원 전시장에서 개인전 개최. 당시
　　　미국문화원 책임자 맥타가트가 은박지 그림 3점을 미국 뉴욕 모
　　　던아트뮤지엄에 기증. 7월 대구 성가병원에서 〈자화상〉 그림. 늦
　　　가을에는 화가 한묵과 정릉에서 살기 시작. 극심한 황달 증세.

1956. 41세. 상태가 극심히 나빠져 서대문 적십자병원 내과에 입원.
　　　입원 한 달 가량 후 9월 6일 숨을 거둠. 화장된 뼈의 일부는 망
　　　우리 공동묘지에, 다른 일부는 일본에 살던 부인에게 전해져 그

집 뜰에 모셔짐.

1997. 서귀포에 살던 집이 당시 서귀포 시장 오광협의 노력으로 발견
되었고 기념관으로 꾸며짐. 또한 이중섭이 피난 당시 거주했던
서귀동 512번지 일대 360m 거리를 '이중섭거리'라고 명명.*

이 당시를 살았던 거의 모두에게 일제의 강점과 6·25전쟁은 견디
기 힘든 시기였을 것이다. 이중섭도 이 혼란의 소용돌이 속에서 여러
곳을 전전했고 가족과 모여 있는 것도 잠시뿐, 사랑하는 아내와 아이
들을 일본으로 보내놓고 절절한 그리움 속에서 남은 생을 살았다. 이
그리움이 그의 예술적 깊이를 이룬 정서인 것은 사실이겠으나, 그가
겪었을 고통과 인내는 분명 감내하기 힘든 것이었음을 짐작할 수 있
다.

이중섭의 생애에·비추어 그의 작품을 보면 거기에는 근본 또는 본
질이라 부를 수 있는 뚜렷한 특징이 있다. 첫째는 기초의 중시와 새
로운 시도이다. 이중섭은 오산 고등보통학교에서 임용련 선생을 만나
그에게서 후기 인상파와 야수파의 화법을 배우는 한편 그림의 가장
기초적인 부분인 에스키스(Esquisse: 최종적으로 완성해야 할 그림과 설계
도 등을 위해 작성하는 초벌그림)의 중요성을 배우고, 실제로 많은 에스
키스를 그렸다고 한다. 에스키스를 그리는 과정에서 다양한 표현법을

---

* 최석태, 『이중섭 평전』, 서울:돌베개, 2000. 275~282쪽 참고.

구상했고 여러 가지 새로운 기법을 시도해 보았다고 하는데 이러한 태도는 거의 모든 작품의 기초가 되어, 지금 우리가 그의 그림에서 보게 되는 다소 왜곡된 형태들도 사실은 우연히 그렇게 그려진 것이 아니라 수많은 연습과 스케치를 통해 그려진 것이라 할 수 있다. 심지어 은박지와 엽서 위에 그린 그림들까지도 물론이다.

두 번째는 예리한 관찰과 마음의 상(心象)이다. 이중섭은 마사코와 연애하던 시절에 자신이 그린 소 그림을 보여주면서 자신이 평생 그려나갈 조선의 소라고 했다. 오산학교 시절부터 이미 소를 그리고 있었다는데 소에 대해서는 의미 있는 일화가 있다. 이중섭이 일본에서 공부하던 시절, 그의 소 그림을 본 사촌(광석)이 중섭의 소 그림이 달라졌다고 하자 이렇게 말했다.

"그렇기도 해. 소를 뚫어보면 소 뼈다귀가 나와버려. 이즈음은 송천리 소나 능라도 소, 오산 소, 송도원 소가 한꺼번에 내 심중에 몰려와 버리고 말아요. 여기서는 소를 볼 수 없으니까, 내 기억으로 그 소들을 뚫다보면 소 뼈다귀가 되고 말어."

또 어느 날에는 사촌누이에게 이렇게 말했다고 한다.

"눈을 감고 있으면 몇 달 동안 관찰했던 것이 하나의 모노(物)로 만들어져요. 그것을 그리는 것이요."*

이러한 일화들을 보면 이중섭의 소 그림은 소 앞에 앉아서 그린 것이 아니라는 것을 알게 된다. 그가 중시한 것은 마음 속에 소의 상(象)을 새기는 일. 오랫동안 세심하게 소를 보다 보면 어느 때부턴가는 소를 보고 있지 않아도 소의 구석구석을 볼 수 있게 되고 나아가 뼈다귀까지 보게 되는 것이다. 두 눈으로 소를 보면서 그린 그림과 눈을 감은 채 마음 속의 소를 그린 것에는 차이가 있는 것이 당연하다. 전자는 소의 외형을 핍진하게 그린다 할지라도 생명체로서 소의 특성을 담아내진 못할 것 같다. 반면에 눈을 감은 채 마음 속 소의 상을 그린 그림에는 살아 움직이는 소가 표현될 것 같다. 이중섭의 그림 속 소들이 언제라도 살아 움직일 듯한 역동성을 가지는 것은 이러한 이유 때문이 아닐까 생각한다. 아마도 이것이 마음의 상(象)을 그린 그림이 가지는 깊이라고 할 수 있을 것 같다.

　이를 보면 화가에게는 표현의 숙련도와 함께 관찰의 섬세함과 끈기가 얼마나 중요한가를 생각하게 된다. 세심하고 오랜 관찰이 아니라면 마음에 상을 맺을 수 없다. '관찰'을 말하다 보니 문득 화가 김환기가 자기 자화상을 그리며 했다는 말이 떠오른다.

　"굳이 내 얼굴에서 좋은 구석을 찾아내라면 눈이 아닌가 싶다. 눈이 잘생겼다든가 샛별같이 빛난다든가, 그래서가 아니라 물상(物象)을 정확히 볼 줄 아는 눈이기 때문이다."

---

* 고은, 『화가 이중섭』, 서울:민음사, 1999 개정판. 36쪽과 42쪽.

김환기도 물상을 정확히 보는 것을 중시했던 것인지 이중섭과 동시대를 살았던 그는 여러 차례 이중섭의 그림을 보고서 칭찬을 남겼고, 그런 김환기를 두고 이중섭도 그림 좀 볼 줄 안다는 농(弄)을 남겼다는 일화가 전해온다.

세 번째는 그리움이다. 그림이라는 것은 그리는 대상에 대한 사랑과 이해가 없으면 결코 잘 그릴 수 없다. 기술적으로 잘 그릴 수는 있어도 느낌을 담아낼 수는 없다. 이는, 그림이라는 말과 그리움·그리다·그립다 등의 말이 가진 어원의 유사성 측면에서 생각해도 그렇다. 그리운 존재, 마음 속에 맺힌 존재는 눈으로 보지 않아도 이미 마음에 각인되어 있다. 화가는 마음 속의 이 상을 화판 위에 옮긴다. 마음의 상이 뚜렷할수록 그림에 드러나는 작가의 심정은 그윽하고 깊다. 이중섭에게 그리운 존재는 아내와 아이들. 마음에 각인된 그들과의 행복한 순간을 이중섭은 그리고 또 그렸을 것이다. 현재 이중섭의 대표작으로 여겨지는 〈달과 까마귀〉, 〈황소〉, 〈흰 소〉, 〈부부〉 등이 아내와 아이들을 일본으로 보내고 혼자서 통영에 머물던 시절에 그려졌다는 사실도 이와 무관하지 않다. 이런 의미에서 이중섭은 전형적인 '그리움의 화가'라 할 수 있겠다.

이중섭을 생각하다 보니 그림을 그리는 것도 사람이고 그것을 보는 것도 결국엔 사람이라는 생각이 든다. 그린 사람의 삶에 대해 알아가노라면 그의 그림을 더 깊이 이해하며 공감할 수 있게 되고, 이러한 공감의 끝에서 만나게 되는 것은 그림을 마주한 나, 내 마음이라고 해야 할 것 같다. 이 사실만으로도 나는 이중섭미술관이 여기에 있는 것이 이중섭을 위해서도, 또 그의 그림을 아끼는 우리를 위해서도 아주 다행스러운 일이라고 생각한다. 그의 자취와 그가 남긴 그림 덕분에 나는 그리움이라는 감정을, 내 감정을 자주 들여다보게 된다.

02 소암기념관

이중섭미술관을 중심으로 이 일대는 작가의 산책길(유토피아로)이 조성되어 있다.(2012년 조성) 이 길을 따라 걸으면 소암기념관, 서복전시관, 기당미술관 등을 돌아볼 수 있고, 곳곳에 설치된 조형물과 벽화 등을 볼 수 있다. 이중섭미술관을 나온 나는 작가의 산책길 왼쪽으로 방향을 잡아 소암기념관으로 향했다. 이곳은 서예가 소암 현중화(素菴 玄中和, 1907~2007) 선생 사후에 그분을 기려서 서귀포 옛 집터에 설립한 기념관이다.

기념관으로 향하는 짧은 길을 걸으며 나는 서예라는 예술에 대해 생각한다. 모자란 생각일지 모르지만 내가 보기에 서예는 '글자를 표현하는 선(線)의 예술'이다. 한자(漢字)를 예로 들면, 한자는 기본적으로 표의문자(뜻글자)이면서 상형문자(그림글자)에 속하기 때문에 글자들은 모두 저마다의 뜻과 모양을 갖고 있다. 이렇게 정형화되어 있는 한자의 특성상 서예는 형식성과 규범성을 가질 수밖에 없고, 획을 긋는 순서마저도 정해져 있기 때문에 그 표현은 더욱 제한적이다.

전통적으로 서예의 서체는 전서(篆書)·예서(隸書)·해서(楷書)·행서(行書)·초서(草書)의 다섯 가지로 구분되어 저마다의 형식을 갖고 있는데, 그 엄격성에는 차이가 있다. 예를 들어, 해서는 왕희지(王羲之, 307~365)와 구양순(歐陽詢, 557~641) 등의 명인들에 의해 해서체가 추구하는 이상적인 형식성과 균형미가 확립되었고, 그 전통은 오늘날까지 이어지고 있다. 이 서체는 모범적인 형식성을 그대로 재현하는 것이 잘 쓴 것이며, 예술성의 척도는 창작보다는 재현에 중점을 둔다고 볼 수 있다. 그러나 초서의 경우는 사정이 다르다. 초서도 물론 자형의 모범적 형태가 전해 내려오고 있지만, 그것은 모사(模寫)에 의해 재현할 수 있는 성격의 것이 아니며, 기본적인 형태는 흉내 낼 수 있을지언정 원본이 가진 예술적 정취를 모사하는 것은 불가능에 가깝다. 따라서 초서는 모사를 통해 운필(運筆)을 숙련하는 것과 함께 자기의 정취가 작품 안에 여실히 드러나도록 해야 하는데 바로 이 점이 초서가 가진 예술성의 요체라 할 수 있다.

한편 선(線)은 회화 예술의 기초인데, 선으로써 상징과 의미를 표현하고, 3차원의 현실을 2차원의 평면에 그려낸다. 선의 예술은 그래서 면을 전제한다. 면 위에 선이 그어지면 면은 분할되거나 확장되고, 그러한 면의 조화가 그림이나 기호가 되는 것이다. 이러한 점에서 서예는 회화와 공통의 기원을 갖는다. 실제로 한자 자체가 그림에서 발달된 문자라는 것을 생각하면 회화와 서예의 공통점이 새로울 것도 없다.

그리고 한 가지 더 이야기할 것은 바로 붓이다. 오늘날 우리가 쓰는 연필이나 펜, 또는 서양에서 사용했던 깃촉과는 달리 긴 털을 동그랗게 묶은 붓은 잡는 방법과 운필 방식에 따라 다양한 선을 그려낼 수 있다. 특히 직선뿐만 아니라 곡선이나 점의 표현에서는 그 변화가 거의 무궁하다. 사정이 이렇다 보니 서예와 그림에 있어 붓에 대한 체험적 이해는 작품의 제작에서뿐만 아니라 작품의 감상에서도 중요할 수밖에 없다. 하지만 오늘날 우리 일상에서 붓은 더 이상 일상적 필기구가 아니기 때문에 일반인에게 붓에 대한 체험적 이해를 기대하기는 어렵다. 서예작품 감상이 그림에 비해 어렵게 느껴지는 이유도 대다수 일반인이 붓에 대한 이해가 없기 때문이다.

그러나 붓에 대한 체험적 이해가 없다 하더라도 서예 역시 마음이 담긴 예술이라는 점에서 얼마든지 감상의 창이 열려 있는 것도 사실이다. 이에 대해서는 내 경험담이 하나의 예시가 될 수 있겠다. 어느날 나는 잘 쓴 초서체가 어떤 것인지 궁금했다. 그러자 어머니는 어떤 얇은 책을 보여주셨는데, 그것은 한눈에 보기에도 알아볼 만큼 무척 잘 쓴 글씨였다. 초서체의 자형은 모르지만 작품 속의 그것은 이미 글자라는 제약성에 갇혀 있는 수준이 아니었고, 오히려 그러한 선의 표현을 위해서는 그 글자가 반드시 필요한 듯 유려하기 그지없는 글씨. 그 자유분방한 글씨들을 보고 있으니 획획 소리를 내며 종이 위를 지나는 붓 소리를 듣는 것만 같아 절로 웃음이 났다. 그 작품은 회소(懷素)의 〈자서첩(自敍帖)〉, 세상에서 제일 잘 쓴 초서 글씨 중 하나였다. 이 일을 계기로 나는 붓에 대한 체험적 이해가 부족하더라도 서예를 감상할 수 있겠다는 생각을 했었다. 적어도 선의 예술이라는 측면에서 나는 서예를 마주할 수 있게 된 것이다.

이러한 생각을 하면서 걷다 보니 금세 소암기념관 앞에 도착했다. 커다란 건물이 제법 웅장하게 서 있는데 계단을 올라 들어가면 본격적으로 소암 선생의 작품들을 볼 수 있다. 많은 작품 중에서도 나는 그의 행초서 작품들이 눈에 들어온다. 특히 그의 행초(行草)는 이전에 내가 익숙하게 보아오던 유려한 서체와는 달랐다. 선들은 유려하기보다는 마디와 굴곡이 있어 보인다. 운필의 속도감이 느껴지기는 하지만 그것은 부드럽다기보다는 힘찬 흐름에 가깝고, 어느 부분에서는 힘을 응축하는 듯 느리고 무거운 운필이 느껴지기도 한다. 과연 잘 쓴 글씨. 운필을 알지 못하는 내 눈에도 붓의 흐름과 힘이 느껴지는 것이 마치 초서를 썼지만 전서와 예서가 그 안에 담겨 있는 듯하다.

전시실에 걸린 작품을 보면서 나는 작품의 풍격(風格)이라는 것을 생각했다. 현대의 서예작품이 전통적인 작품들과 다른 풍격을 지닐 수밖에 없는 것은 당연하다. 전통사회에서 서예는 소수의 상류 지식인계층이 향유하던 고급 문화였으나 현대의 서예는 특정 계층의 문화가 아니라 여러 장르의 예술 중 하나이다. 또 서예가라 하더라도 일상적 필기구로서 붓을 사용하지는 않는다. 그러니 전통적인 서예의 풍격과 오늘날 서예의 풍격은 다를 수밖에 없다. 조금 더 거칠게 말하면, 오늘날에는 더 이상 과거의 걸작과 같은 풍격은 찾아보기 어렵다고 할 수 있다.

그럼 현대 서예의 풍격은 어떻게 자리 잡아야 하는가를 생각하게 되는데, 짧은 생각으로 보기에 두 가지를 생각해 볼 수 있겠다. 그 하나는, 풍격이 다를 수밖에 없다 하더라도 서예의 기본은 붓이니, 서예의 기초로서 전통 방식의 운필을 숙련해야 할 것 같다. 현대의 전위 예술에서는 붓뿐만 아니라 다른 도구를 사용하는 경우도 있지만 그럼에도 불구하고 붓이라는 기초 도구를 고수하려 한다면 일정 수준 이상의 수련은 반드시 필요할 것이다. 다른 하나는 오늘날의 예술에서 서예의 자리를 확인하는 일이다. 서예는 과거와 달리 회화 예술의 지배적인 장르가 아니다. 이러한 상황에 맞추어 예술이라는 전체의 장에서 서예의 자리를 고민하고 감상자와의 소통을 고려해야 할 것이다. 서예만이 가진 예술성을 정의하고, 그것이 과연 어떤 방향을 지향해야 하는가를 생각해야 한다. 다소 주제넘을 수는 있으나, 나는 이 두 가지가 현대의 서예가들이 고민해보아야 할 점이라고 생각한다.

그런데 재미있는 것은, 이 두 가지는 사실 거의 모든 시대 서예가들의 고민이었다는 점이다. 서예뿐 아니라 아마도 예술 발전의 역사가 곧 전통의 보존과 당대적 계승 사이의 균형 잡기라고 말해도 될 것 같다. 과거의 유산은 현재의 창작을 위한 바탕이 되며, 창작된 유산은 역사의 검증을 거쳐 새로운 전통으로 자리 잡는다. 이런 의미에서 오늘날의 서예가 개개인이 전통적인 필법의 바탕 위에서 새롭게 구상하는 모든 형태의 시도들은 새로운 전통의 가능성을 갖고 있는 셈이 된다. 역사와 감상자의 검증이 엄정할 수는 있겠지만 그것이 준엄할수록 작품의 풍격은 높아질 테니, 나는 역사와 감상자의 심판이 준엄하기를 바라는 한편 오늘도 어딘가에서 조용히 먹을 갈며 몽당붓 만들고 있을 서예가들의 그 진중한 몰입에 박수를 보내고 싶다. 내가 비록 까막눈이라고는 하지만 그러한 서예가들의 작품을 보는 것은 즐거운 일임에 틀림없다.

모르긴 해도, 내가 소암 선생의 작품에서 느낀 잘 쓴 글씨라는 인상은 단순히 붓질 몇 번으로 완성한 낱개의 작품에서 나오는 것이 아니라는 생각이다. 한평생 글씨만을 써왔으면서도 입버릇처럼 '아직 멀었다, 아직 멀었다'라고 말했다던 그의 겸손함을 생각하면, 내가 감탄한 것은 서예에 몰입했던 그의 삶이 아니었을까 하는 생각을 해본다. 하나에 몰입한다는 것이 좋고 훌륭한 줄은 알지만 아직 오랜 세월을 살지 않은 나에게도 그것은 분명 쉬워 보이지 않기 때문이다. 작가의 산책길, 가벼운 마음으로 걷고 있지만 길 위에서 만나는 작품과 작가들의 발자취가 결코 가볍지 않다. 소암기념관 1층과 2층을 모두 둘러보고서 나는 가던 방향으로 다시 걸음을 옮긴다.

03 서복전시관

소암기념관 앞길을 따라 길 끝까지 가면 삼거리가 나오는데 왼편을 바라보면 중국풍의 커다란 입구 하나가 서 있다. 서복공원이다. 서복(徐福)은 서불(徐市)이라고도 하는데, 중국을 통일한 진시황의 명을 받고서 불로장생의 묘약을 찾아 수천 명의 동남동녀를 거느리고 동쪽으로 떠난 인물이다. 그러나 떠난 이후의 기록이 없어서 진위를 알 수 없는 많은 이야기가 전해지는 인물이기도 하다.

공원에 들어서면 중국식으로 지은 서복전시관이 보인다. 전시관 안에는 자원봉사하시는 문화해설사분들이 계시는데, 이분들이 들려주시는 여러 이야기들은 상당히 흥미롭다. 전시되어 있는 진시황의 마차나 병마용 등에 대한 해설부터 서복에 대한 자세한 역사적 기록까지 들려주신다. 요즘에는 제주도를 여행하더라도 실제 제주도에 사시는 분들과 이야기를 나눌 일이 많지 않은데 이분들의 설명을 듣고 이야기 나누다 보면 제주도의 소소한 이야기까지 들을 수 있어서 무척 재미있다.

전시 중에서 인상 깊었던 것은 전시관 옆 정방폭포의 암벽에 새겨져 있었다는 '서불과지(徐市過之: 서불이 이곳을 지난다)'라는 글귀와 경남 진해의 바닷가 바위에 새겨져 있었다는 '서불과차(徐市過此)'라는 글귀를 찍은 사진이었다. 서복이 정말 우리나라에 왔던 것인지 호기심이 마구 솟아난다. 전시관의 설명에 따르면, 조선 말 김석익이 편찬한 『파한록(破閑錄)』이라는 책에 "1877년 제주목사 백낙연(白樂淵)이 서불과지 전설을 듣고 정방폭포 절벽에 긴 밧줄을 내려 글자를 탁본하였다. 글자는 12자인데 글자 획이 올챙이처럼 머리는 굵고 끝이 가는 중국의 고대문자인 과두문자(蝌蚪文字)여서 해독할 수 없었다."라는 기록이 있다고 한다. 지금은 바위에 새긴 글들이 모두 없어졌지만 전시관 측에서는 정방폭포와 경남 진해의 바위에 새겨진 글씨의 사진자료를 전시해 놓았기 때문에 과연 서복 이야기가 사실일지도 모른다는 생각과 함께 제주도 어딘가에 있을 불로초가 궁금해지기도 한다. 불로초를 키워내는 이 제주도라는 땅이 더욱 신비롭게 느껴진다.

한편 서귀포(西歸浦)라는 지명도 서복과 관련된 것인데, 서귀포의 의미는 '서쪽으로 돌아간 포구'라는 뜻이다. 서복이 제주도에서 불로초를 구하여 서쪽으로 출발한 포구가 이곳 서귀포 어딘가이기 때문에 이때부터 이 지역을 서귀포라고 불렀다고 한다. 물론 전해지는 이야기 중 하나는, 이곳을 떠난 서복이 중국이 아니라 일본 어딘가로 넘어가서 같이 간 일행들과 함께 그곳에 정착하고서 중국의 여러 문화를 전파하면서 여생을 보냈다고 한다. 이런 이야기들을 듣고 나니 그동안 아무것도 모른 채 그냥 부르던 서귀포라는 이름이 조금은 색다르게 느껴진다.

전시관 앞에는 중국풍의 정원이 넓게 조성되어 있는데 정원 끝에 서복의 동상과 함께 곳곳에서 중국풍이 느껴진다. 또 풀밭 사이로 난 길을 따라 걷다 보면 절벽 옆으로 난 길을 걷게 되는데 여기에서 보는 풍경이 인상적이다. 주상절리의 절벽에 자란 소나무 몇 그루와 바위를 때리는 거친 파도 소리가 압권이며 멀리 동쪽으로 섶섬이 한 폭의 그림 같은 곳이다. 이리저리 카메라를 들고 오랜만에 만난 멋진 풍경을 열심히 찍고서는 전시관을 나섰다. 다음 향하는 곳은 정방폭포 너머에 있는 왈종미술관이다.

04 왈종미술관

작가의 산책길은 서복전시관을 기점으로 다시 서쪽으로 향하게 되어 있다. 그러나 나는 계속 동쪽으로 향한다. 잠시만 걸어가면 왈종미술관이 있기 때문이다. 서복전시관을 나오면 걷기 좋게 잘 포장된 길이 정방폭포 주차장까지 나 있다. 흔히 사람들은 정방폭포 주차장에 차를 세우고 그 옆에 난 길로 내려가 폭포를 보고 오는데, 사실 폭포는 서복전시관 가까이에서 떨어져 내린다. 서복전시관을 나와서 걷기 시작하면 중국풍의 다리 하나를 건너게 되는데 그 다리 아래로 흐르는 물이 바로 정방폭포로 떨어져 내리는 물이다. 다리 위에서는 폭포가 보이진 않지만 시원하게 열려 있는 바다를 향해 흘러가는 물줄기를 볼 수 있다. 정방폭포를 만나는 또 다른 방법이다.

걷기 좋게 포장된 길을 따라 걸어가면 오른쪽에 정방폭포 주차장이 있고 왼쪽으로는 왈종미술관이 자리하고 있다. 매표하고 미술관으로 걸어가는데 갑자기 배가 고프다. 하긴 일찌감치 아침 식사를 하고 나와서 해가 중천을 넘어가도록 이중섭미술관과 소암기념관, 서복전시관 등으로 돌아다니기만 하고 아무것도 먹지 않았으니 배가 고플 만도 하다. 왈종미술관만 둘러보고 다시 이중섭미술관 쪽으로 가서 식사할 요량으로 서둘러 걸음을 옮겼다.

미술관은 특이한 외관을 하고 있다. 이왈종 작가의 아이디어를 반영하여 우리나라 한만원 건축가와 스위스 건축가 Davide Macullo가 공동으로 설계했다고 하는데, 무언가를 형상한 것 같긴 한데 분명하게 감이 잡히지는 않는다. 일단 미술관 안으로 들어갔다. 입구에 들어서니 미술관이 건립되는 단계별 사진을 걸어 놓아 미술관 공사를 한눈에 살펴볼 수 있게 해 놓았다. 그 외에도 작가 특유의 도자기 작품이 진열되어 있는데 나는 서둘러 주 전시실인 2층으로 올라갔다.

미술관에 갈 때 반드시 주의해야 하는 것이 있다. 미술관도 극장이나 연주회장처럼 정숙해야 한다는 점이다. 소곤거리면서 작품 이야기하는 것이야 얼마든지 좋지만 주변사람과 장소를 고려하지 않는 태도는 사실 좀 불쾌하다. 그 사람을 피해 다니며 작품을 감상해야 하는데 그림이 제대로 눈에 들어올 리 없다. 내가 미술관 2층에 올라갔을 때도 마침 한 무리의 사람들이 전시실 중앙에서 큰 소리로 떠들고 있었다. 곧 가겠지 싶어 다른 전시실부터 갔는데 목소리가 그곳까지 울리고, 조금 있으니 그곳으로 오기까지 한다. 할 수 없이 앞의 전시실로 가서 그분들이 지나가길 기다리는데, 전시를 다 보고도 가지 않고 2층 로비에 모여서 여전히 큰 소리로 웅성거린다.(결론적으로 이분들은 내가 미술관을 나설 때까지 그 자리에서 떠들고 있었다) 하~, 조금은 씁쓸한 마음을 추스르면서 작품을 둘러보기 시작했다.

2층 로비에 걸린 작가의 말을 보면 이왈종 작가는 〈제주생활의 中道와 緣起〉라는 주제로 그림을 그려왔고, 작업을 하면서 인간의 행복과 불행이 어디에서 오는가를 생각해왔다고 한다. 행복과 불행은 감정적으로 다가온다. 그리고 감정이야말로 우리가 살아있는 존재임을 증명하는 가장 여실한 증거이다. 작가는 자신의 이러한 고민을 어떻게 그려냈을지 자못 궁금해진다.

전시실에서 만나는 이왈종 작가의 그림들에는 한결같은 느낌과 뚜렷한 특징이 있다. 첫째는 색감이다. 보색 계열의 색을 대비시키고 명도를 높임으로써 전체적으로 명랑하고 밝은 분위기가 난다. 그래서 밤하늘을 그려도 그림이 어둡지 않다. 둘째는 구도인데, 하나의 그림에서 두 개 이상의 비례를 사용한다. 대개의 그림에 등장하는 집이나 사람은 원경의 비례로 그려져 있지만 그 뒤나 옆에 그려진 나무나 꽃은 크게 배치되어서 비례가 맞지 않는다. 그러나 어긋난 비례가 어색하지 않고 크게 그려진 사물이 오히려 집과 사람을 넉넉하게 받쳐주는 느낌이 든다. 자칫 단조로울 수 있는 구성이 의도된 일탈로 인해 생동감과 포근함을 주는 것이다. 셋째는 등장 요소의 자유로운 배치이다. 그림 속 커다란 나무 안에는 새와 사슴, 물고기 등이 깃들어 있고 나체의 여인도 유영하고 있다. 심지어 배가 떠 있기도 하다. 이러한 자유로운 배치 역시 고정관념을 탈피한 것이지만 이러한 일탈이 조화롭게 배치되어 있어서 무심코 보면 나무에 걸려 있는 배가 전혀 어색하게 느껴지지 않을 정도이다.

이외에도 세부적으로 본다면 질감이나 기법에서 특징적인 요소가 많지만, 나는 이 세 가지의 특징에 이왈종 작가의 〈제주 생활의 중도와 연기〉라는 주제의식이 모두 구현되어 있다고 생각한다. 중도와 연기는 본래 수많은 관계 안에서 살아가는 사람의 행복에 관한 사유이다. 그리고 그것은 자기 일상의 자연스러운 감정을 세심히 돌아봄으로써 깨달을 수 있다. 전시된 작품들을 보고 있노라면 그 순박하고 소박한 일상의 모습이 이토록 푸근하고 밝은 빛으로 표현된 것이 아닌가 하는 생각이 든다. 격랑과 같이 몰려오는 감동이 아니라 바닷가 모래사장에서 발을 적시는 파도처럼 잔잔하고 친근한 느낌이랄까. 얼핏 보면 서툰 아이의 그림을 보는 듯 비례도 맞지 않고, 또 생각나는 것을 아무렇게나 그린 듯 인물이나 사물이 본래의 자리를 벗어나 있지만 그러한 일탈과 어긋남마저도 그냥 그대로 아무렇지도 않은 듯 자연스럽다. 마치 일상(日常)과 이상(理想)이 애초에 따로 둘이 아님을 보여주는 듯 그림들은 소박하고 밝다. 제주에 정착하며 고민해 온 작가의 깨달음이 녹아있는 듯하다.

그림을 보며 여러 생각이 드는 가운데 끝내 풀리지 않은 것이 있다. 그의 작품에는 골프가 자주 등장하는데 과연 이것이 중도와 연기, 또는 행복과 불행의 기원과는 어떤 관련이 있는지는 도무지 헤아려지지 않는다. 또한 그가 만드는 도자기 작품에는 남녀의 노골적인 행위가 묘사되곤 했는데 이것이 어떤 의미를 갖는지 모르겠다. 분명 작가의 오랜 주제에서 파생된 작품일 텐데 아직은 잘 공감되지 않는다. 아마 이왈종 작가에 대해 조금 더 공부해야 하는 것인지 모르겠다.

전시를 돌아보고 다시 2층 로비로 오니 웅성거리는 한 무리의 사람들은 여전히 그곳에서 웅성거리고 있다. 계단을 내려와 미술관을 나섰다. 떠드는 소리에 내내 신경 쓰던 마음이 그제야 좀 풀리는 것 같다. 매표소를 지나면서 미술관을 돌아보니 꼭대기에 앉은 넉넉한 모습의 조각상(부처상처럼 보인다)이 흐뭇하게 배웅하고 있다. 그렇게 미술관을 뒤로하고 다시 이중섭미술관 쪽으로 빠르게 걷기 시작했다.

이왈종: 작가의 말 〈제주생활의 中道와 緣起〉

제주에 정착하여 20여 년이 넘게 그동안 나는 〈제주생활의 중도와 연기〉란 주제를 가지고 한결같이 그림을 그리면서 도대체 인간에게 행복과 불행한 삶은 어디서 오는가 만을 깊게 생각해왔다.

인간이란 세상에 태어나서 잠시 머물다 덧없이 지나가는 나그네란 생각도 해보았고, 세상은 참으로 험난하고 고달픈 것이 인생이란 생각도 해보았다.

살다 보니 새로운 조건이 갖춰지면 새로운 것이 생겨나고 또 없어지는 자연과 인간의 모습들에서 연기라는 삶의 이치를 발견하고 중도와 더불어 그것을 작품으로 표현하려고 하루도 쉬지 않고 그림 그리는 일에 내 일생을 걸었다.

사랑과 증오, 탐욕과 비움, 번뇌와 자유는 어디에서 오는가? 그 슬픔과 기쁨, 행복과 불행 모두가 다 마음에서 비롯됨을 그 누구나 알지만 말처럼 그렇게 마음을 비우는 것은 결코 쉽지 않다.

이러한 마음이 내재하는 한 행복한 삶과는 거리가 멀다는 생각을 하면서 서서히 흰머리로 덮여가는 내 모습을 바라본다.

행복과 불행, 자유와 꿈, 사랑과 고통, 외로움 등을 꽃과 새, 물고기, 티브이, 자동차, 동백꽃, 노루, 골프 등으로 표현하며 나는 오늘도 그림 속으로 빠지고 싶다.*

작가의 말에서 보듯이 이왈종 작가의 화두는 중도(中道)와 연기(緣起)이다. 각각 유교와 불교에서 중시하는 개념이다. 먼저 말해둘 것은, 유가(儒家)와 불가(佛家)를 아울러 지금 우리가 동양철학이라고 부르는 사유체계는 모두 궁극적으로 사람의 행복한 삶에 대한 깊은 사유의 결과라는 점이다. 시대와 학파에 따라 다른 입장을 취하는 경우도 있지만, 그러한 다양한 입장은 모두 행복하게 살고자 하는 실천적 지식의 추구였다고 할 수 있겠다. 그럼 중도와 연기에 대해 잠시 말해볼까 한다.

중도라는 말의 중(中)은 유가의 역사에서도 상당히 오래된 단어로서 '가운데'라는 뜻이다. 가운데는 왼쪽과 오른쪽의 중간, 앞과 뒤의 중간, 위와 아래의 중간 등처럼 서로 상대되는 두 항목의 가운데를 의미하지만, 한 걸음만 더 들어가 생각해보면 이 말이 '관계'를 전제하고 있음을 알 수 있다. 대립 또는 대치되는 양쪽이 서로 닿을 수 있는 접점이 가운데이며, 가운데를 깨달음으로써 양측의 대립은 대응이라는 유순한 관계로 이해될 수 있다. 이를 관계론이라 부르는데, 유가 철학에서의 관계론은 『주역(周易)』이라는 책에 자세하다. 흔히 점치는

---

* 왈종미술관 홈페이지 / 이왈종 작가의 말

책으로 알려져 있지만 그것은 이 책이 가진 형식적인 부분일 뿐, 주된 내용은 세상사의 변화와 순환을 통찰하고, 그 안에서 엮어지는 관계에 대해 함축적이고 깊은 사유를 보여주고 있다.

『주역』의 관계론은 변화를 살피는 데에서 시작한다. 이 책이 점치는 책으로 알려진 것도 수시로 변화하는 세태에서 사람이 나아가야 할 올바른 행동과 자리에 대한 지혜를 주고 있기 때문이다. 간단하게 구성을 살펴보면, 양효 또는 음효로 이루어진 하나의 효가 6개 중첩되어 하나의 괘를 이루고, 이렇게 형성되는 괘는 모두 64개가 되는데, 이것이 바로 『주역』을 이루는 64괘와 384효이다. 한편 괘와 효의 의미를 해석하는 방법은 전통적으로 다양하지만 기본적으로 중·정·응·비·승·승(中·正·應·比·承·乘)이라는 여섯 가지의 관계 형식에 기초한다. 이는 하나의 효와 그 효가 앉아 있는 자리의 관계, 또는 하나의 효가 다른 효와 맺는 관계의 성격을 살피는 것이다. 효뿐만 아니라 괘도 역시 반대되는 괘나 뒤집힌 괘 또는 시간적으로 앞서거나 뒤에 오는 괘와의 관계를 살펴 사건과 사물의 변화 및 길함과 흉함을 판단하게 된다. 이러한 맥락에서 『주역』의 사유는 관계론에 근거한다.

관계론이 중요한 것은 사람이라는 존재의 특성 때문이다. 사람은 결코 개별적인 존재가 아니며 사람과 사람이 맺는 관계, 사람과 그 사람의 자리가 맺는 관계에서 우리가 겪는 모든 사태와 사건이 형성된다. 그리고 이러한 관계의 무한한 전개가 바로 인간과 사회의 역사가 된다. 그래서 지혜로운 사람은 수시로 변화하고 무한하게 전개되는 그 관계 안에서 자신이 서 있어야 할 올바른 자리와 자세를 강구하기 마련인데, 여기 관계론의 올바른 형태가 중(中)이라는 말로 집약될 수 있다. 어느 쪽에도 치우치지 않으면서 유연하게 균형을 이룬 '가운데'인 것이다.

한편 연기(緣起)라는 말은 초기 불교의 가장 심오한 교리이자 역시 관계론을 설명하는 말이다. 적은 지면에서 다룰 수 있는 내용은 아니지만, 사람이 살아가는 세상에 펼쳐진 수많은 관계(인드라)를 지칭한다. 여기서 관계라는 말은 단순히 대인 관계를 의미하는 것이 아니라 모든 사물과 사태, 위치와 시간 등을 전부 아우른다. 열반 또는 해탈이라 부르는 깨달음도 이 관계의 본질을 제대로 깨달음으로써 공연한 집착과 번뇌에 사로잡히지 않는 것을 의미한다. 바르게 알지 못하기 때문에 죽음을 두려워하면서 삶을 고통이라고 여기게 되는 데에서 번뇌가 시작된다는 것이다.

그렇다면 바르게 안다는 것은 무엇을 알아야 한다는 것일까? 그것이 바로 '연기'의 핵심이다. 어떤 일이 일어났다면 그 배후에는 그 일이 발생하도록 한 원인이 분명히 존재한다. 이것이 있으므로 저것이 있다는 생각, 즉 원인과 결과의 관계에 대한 생각이 연기적 사유인데, 눈앞에 있는 것, 결과적인 것에만 관심을 쏟다 보니 그것이 있도록 한 원인을 생각하지 못하고, 원인을 생각하더라도 고정관념에서 벗어나지 못하기 때문에 사유의 유연성을 잃고 관계를 똑바로 알아채지 못하는 것이다. 석가모니 부처가 이룬 해탈이라는 것도 실은 관계의 진리를 바로 알았다는 데에 있다. 고정관념에 사로잡히지 않고 관계의 본질을 바르게 봄으로써 뿌리 없는 허상이나 오해를 해체하고 본래의 모습을 그대로 보는 것이다. 이것이 사람이 살아가는 세상에 펼쳐진 온갖 관계 안에서 자기 자신의 모습으로 살 수 있는 길이다. 이런 맥락에서 연기는 불가의 오랜 관계론이라 하겠다.

중도와 연기. 각각 유가와 불가에서 사용되는 말이지만, 둘이 지향하는 바는 관계 안에서의 행복한 삶이다. 그리고 행복한 삶이라는 것은 과거나 미래의 일이 아니라 현재의 삶을 두고 하는 말이다. 일상에서 마주하는 온갖 느낌과 생각들을 돌아보면서 고정관념에 물들지 않은 마음으로 자기의 희로애락을 즐기는 것 말이다. 그런 사람을 볼 때 아마도 순수라는 단어를 떠올리게 되는 것 같다. 제 감정 숨길 줄 모르는 어린아이가 순수하게 느껴지듯이 자기감정을 외면하는 것이 아니라 돌보는 것이 중요할 것 같다. 물론 제 맘대로 하라는 말이 아님은 당연하다.

중도와 연기를 생각하면서 나는 이왈종 작가의 그림이 제주도의 흔한 일상적인 모습인 이유, 그러면서도 밝은 느낌이 드는 이유가 바로 이 중도와 연기에 대한 작가의 탐구와 체험적 이해에서 오는 것이라고 생각했다. 이렇게 생각하고 나니 이왈종 작가의 앞으로의 작업도 기대되고 기다려진다. 자주 들여다보고 그의 작품이 연기와 중도를 어떻게 표현해 내는지 보고 싶어진다.

05 북촌 돌하르방공원

새벽녘 잠이 깨어 바라본 하늘엔 구름이 가득했다. 아무래도 곧 비가 오려나 싶어 하루 쉴까 생각하고 있는데 금세 구름 걷히고 하늘이 맑아진다. 제주도도 역시 남국의 섬이라서 그런지 날씨 변화가 잦다. 그냥 쉬기에는 아까운 하루. 자리에 누운 채로 지도를 보며 가볍게 다녀올 수 있는 곳을 살피다가 조천읍에 있는 북촌 돌하르방공원으로 낙점하고 일어났다. 공원 내에 하늘갤러리가 있는 곳이다.

일주버스를 타고 한참을 가다가 북촌리에서 내리니 주변이 온통 밭이다. 밭뿐인 것을 보니 왠지 제대로 왔구나 싶다. 좁은 시골길로 접어들자 인가는 드물고 낮은 돌담 두른 밭들을 지난다. 널찍한 밭들과 야트막한 언덕들이 이어져 있어서 조용히 걷다 보면 바람 소리나 새소리가 크게 들려온다. 그렇게 잠시 걸으면 북촌 돌하르방공원 입구가 나온다. 매표소에서 입장권을 사는데 내가 걸어온 걸 물으시더니 천 원을 할인해 주신다. 하하하. 별것 아닌 것 같아도 여행지에서 만나는 이런 작은 호의는 당연히 기분 좋고 기억에 남는다.

이곳을 일구어낸 분은 제주도 토박이 화가 김남흥 님이다. 그림을 그리면서 제주도의 원형을 탐구하다가 어느 날 화산섬 제주의 돌빛을 발견하고서 돌하르방에 담긴 여러 의미를 깨닫게 되었다고 한다. 그 후 그가 시작한 일이 여기저기 흩어져 있는 전통적인 돌하르방들을 모두 조사하여 실측했고, 그들의 모습 그대로 재현하여 한 자리에 모아 놓은 것이 지금의 공원이 되었다. 쉽지 않았을 작업을 상당히 오랜 시간에 걸쳐 묵묵히 해낸 걸 보면 작가의 열정도 알아줄 만하고 그렇게 만들어진 이 공간도 예사의 공간과는 다르게 느껴진다.

공원에 들어서면 첫 공간부터 돌하르방에 둘러싸인다. 제주도를 다니다 보면 곳곳에서 돌하르방을 볼 수 있는데 나는 대개 무심코 보아오던 터라 이곳에 와서야 제대로 보게 되었다. 처음으로 관심을 두고 바라본 돌하르방은 구상과 추상 사이에 있는 조각 같았다. 분명 눈·코·입이 뚜렷하고 몸체도 구분되어 있지만 그렇다고 꼭 사람 형상을 닮은 것도 아니다. 그런데도 그 투박한 형상에서 어딘가 모를 묵직한 느낌이 풍긴다. 가벼이 대할 수 없을 것 같은 이 느낌을 나는 진정성이라 부르고 싶다. 세밀함으로 말한다면 서양의 유명한 조각들에 비할 바가 아니지만 마주했을 때 느껴지는 그 느낌만은 결코 서양의 조각들에 뒤지지 않는다. 그래서 진정성이라 말하고 싶다.

그리고 또 재미있는 것은 따로 한두 기만을 볼 때는 잘 몰랐지만 이렇게 한 자리에 모아 놓고 보니 돌하르방마다 모두 제각각의 얼굴과 표정을 갖고 있다는 점이다. 어떤 것은 무서운 표정이고 어떤 것은 익살스럽다. 언젠가 읽은 로댕의 글이 떠오른다. "돌을 쪼아 형상을 만드는 것이 아니라 돌 속에 갇혀 있는 형상을 해방시킬 뿐이다." 정확한 인용은 아니어도 대략 이런 내용이었는데, 여기 하르방들을 보면서도 비슷한 느낌을 받는다. 돌을 쪼아 만들었다기보다는 돌 속에 가려져 있던 얼굴을 드러낸 것이 아닐까 하는 생각. 그만큼 돌하르방들의 표정은 다양하고 자연스럽다. 제주도를 여행하며 간간히 보았던 전통적인 돌하르방들을 이제야 다시금 보고 싶어진다.

제주, 대정, 정의현(성읍) 하르방의 재현 공간을 지나면 이제부터는 숲길을 따라가며 작가가 창작한 돌하르방들을 만난다. 이곳의 돌하르방들은 크기도 다양하고 표정과 몸짓도 제각각이다. 앞서 본 재현된 돌하르방들이 전체적으로 위엄 있고 압도적이라면 이곳의 돌하르방들은 좀 더 친근하고 심지어 장난스럽기까지 하다. 위엄 있는 할아버지가 인상 펴고 옆자리에 다가온 느낌이다. 뿐만 아니라 공원 내에는 여러 가지 테마로 길을 꾸며 놓아서 길을 따라 걷다 보면 볼거리가 많다. 곶자왈 산책길도 지나고 제주 정원도 지나 마지막에 연못이 있는 정원과 문화마당에 이른다.

원래는 이곳에 하늘갤러리가 있었다는데 2013년 3월에 화재가 나서 그 안에 전시되어 있던 김남홍 작가의 그림들과 도록이 모두 소실되었다고 한다. 작가의 그림을 보지 못하는 게 아쉽지만 다시 건설 중이니 완성된 후를 기다릴 수밖에 없겠다. 아쉬운 마음으로 옆에 있는 아트샵에 들어가니 작가의 그림이 그려진 엽서 몇 종을 판매하고 있고, 그 옆의 체험공방에서는 아트 스크레치나 판화 찍기 등을 체험할 수 있다. 내가 그린 것은 웃고 있는 돌하르방. 푸근한 인상의 하르방이 그려져서 나름의 재미가 있다.

공원을 나서면서 나는 이곳이 꽤 괜찮은 곳이라고 생각했다. 제주도를 그리워하며 산다고 자부하면서도 정작 돌하르방에 대해서는 생각지 못했는데, 이곳에 와서야 작가가 돌 속에서 발견한 빛, 돌하르방에서 찾은 제주 원형의 의미 같은 것들에 조금은 공감하고 돌하르방의 가치를 알겠다. 또 한 가지 기억에 남는 것은 김남홍 작가의 열정이다. 한 번 만들어놓고 마는 것이 아니라 무언가가 계속해서 추가되고 있다. 다음에 올 때는 또 다른 무언가를 만날 거라는 기대감.

아! 제주도를 여행하다 보면 아주 가끔은 선글라스를 낀 채 카메라를 둘러매고 앉아 있는 돌하르방을 만나게 된다. 워낙 친근한 느낌에 다가가 보면 바로 김남홍 작가의 작품이다. 많지는 않고 몇 군데에 있을 뿐이니 혹시 제주도에 간다면 눈여겨보길 바란다.

돌하르방

돌하르방은 원래 '돌로 만들어진 할아버지'를 뜻하는 제주어이다. 이것이 원래의 이름은 아니지만 할아버지를 닮은 모양새 탓에 어린이들 사이에서 불리던 명칭이 1971년에 제주특별자치도 민속자료 제2호로 지정되면서 공식적으로 사용된 것이다. 그 이전에는 다양하게 불려서 우석목, 무성목, 벅수머리, 돌영감, 수문장, 장군석, 동자석, 망주석, 옹중석 등으로 불렸다고 한다.

명칭이 다양한 만큼 돌하르방의 기원과 유래에 대해서는 확실한 단서가 없다. 문헌상의 기록을 보면, 김석익(金錫翼)의 『탐라기년(眈羅紀年)』(1918)에 처음 보이는데, 돌하르방을 옹중석(翁仲石)이라 하여 1754년(영조 30)에 당시 제주목사 김몽규가 세웠다고 기록되어 있을 뿐이다. 그러나 이것이 최초인지 아닌지는 확인할 수 없고, 다만 옹중석이라는 문헌 기록을 토대로 중국 진시황 때의 장수였던 완옹중(阮翁仲)과의 관련성을 찾기도 한다.

완옹중은 진시황 시대의 장수였다. 키가 13척이었고 매우 용감해서 진시황은 그에게 국경 지역을 지키도록 명령했는데 그의 위세가 흉노에 자자했다. 훗날 완옹중이 죽자 진시황은 그를 기려 그의 모습을 본뜬 청동상을 주조하여 함양궁 앞에 세웠는데, 얼마 후 흉노가 함양에 쳐들어올 때 멀리서 그 청동상을 보고서는 완옹중이 서 있는 줄 알고 가까이 오지 못했다. 이때부터 후인들은 궁궐이나 묘당 혹은 능묘 앞에 청동상 혹은 석상을 세우고 이를 "옹중(翁仲)"이라 불렀다고 한다.

이러한 설화는 현재 전해지는 돌하르방의 기능과도 상당히 밀접하다. 전문가들에 따르면, 돌하르방은 첫째, 성안을 지키는 신상으로서 마을 주민들의 안녕을 기원하는 수호신적 기능. 둘째, 악귀의 침범과 재난의 피해를 막아주는 주술·종교적 기능. 셋째, 성문 밖에 세움으로써 성의 안과 밖을 구분하고 동시에 외부인들의 성문 출입을 제한하는 금표적 기능 등을 갖는다고 한다. 이러한 자료들을 보면 돌하르방은 단순히 멋이나 유희만을 위해 세운 것이 아님을 알게 된다.

그러나 안타깝게도 현재 전해지는 돌하르방의 수는 매우 적다. 제주 시내 21기, 서울 국립민속박물관 2기(제주 시내에서 옮겨옴), 성읍(정의현) 12기, 대정 13기(미완 1기 포함) 등 모두 48기뿐이다. 일제강점기와 해방 이후 도시화 과정을 거치면서 사람들의 무관심 속에서 제대로 된 조사 없이 무단으로 옮겨져 뿔뿔이 흩어졌다고 한다. 그래서 돌하르방이 본래 몇 기이며, 어디에서 어디로 옮겨졌는지조차 알 수 없다고 한다.

　상황이 이렇다 보니 돌하르방 48기를 모두 실측 조사하여 한자리에 모아 재현해 놓은 북촌 돌하르방공원이 더욱 소중한 공간임을 알겠다. 이곳의 돌하르방들을 보고 있으면 간절함을 담아 돌하르방을 세우던 옛날의 사람들처럼 이 공간을 만든 작가의 간절함이 전해진다.

06 월정리해변

북촌 돌하르방공원을 뒤로하고 버스를 탔다. 가려는 곳은 근처에 있는 월정리해변. 일주버스를 타고 월정리에서 내려 바닷가를 향해 걸었다. 월정리해변은 단연 압권! 이렇게 예쁜 바다라니. 나는 애월의 바다가 제일 예쁜 줄 알았는데 이곳 월정리 바다도 과연 유명할 만하다. 그러고 보니 제주도에서 내가 가본 해변이 몇 군데 안 된다는 것을 깨닫는다. 제주에 올 때마다 좋아하는 곳만 가다 보니 유명한 줄 알면서도 가보지 못한 곳이 생각보다 많다.

본격 피서철은 끝났지만 아직 여름은 여름, 해수욕장에는 사람들이 많았다. 맑은 바다를 바라보며 해변을 걸었다. 밝고 하얀 모래사장을 내려다보니 아주 작은 게들이 빠르게 지나다녔다. 고 녀석들을 따라 다니며 한두 마리 손 위에 얹어보기도 하고 바닷물을 손에 찍어보기도 했다. 제주도에 와서 바쁘게 돌아다니긴 했는지 아직 한 번도 바닷물에 들어가지 못했다. 바다로 뛰어들고 싶은 마음을 꾸욱 누르고 해변을 거닐었다. 해변 가까이 보이는 풍력발전기 덕분에 이국적인 느낌이 더했다. 뜨거운 햇볕 아래에서 한참을 서성이고서야 발길을 돌릴 수 있었다.

해변을 뒤로하고 걸어 나오니 슬슬 허기가 졌다. 월정리에 오면서 봐두었던 해녀촌이라는 식당에 갈 생각으로 서둘러 버스를 탔고 금방 도착할 수 있었다. 이곳의 대표 메뉴인 회국수, 다른 곳엔 없는 메뉴이기도 하고 맛도 좋다. 바다를 면해 있고, 큰 창을 통해 그 바다를 볼 수 있으며, 돌고래를 종종 볼 수 있다는 김녕과 가까우니 운이 좋으면 이곳에 앉아서 돌고래를 볼 수도 있겠다. 식사를 마치고 다시 정류장으로 가는데 이미 붉어진 서쪽 하늘엔 노란 태양이 수평선 가까이 내려와 있다. 보통은 제주도 서쪽 지역이 일몰이 예쁘다고 하는데 여기에서 보는 일몰도 예뻤다. 하늘 색깔도 은은하게 물들었고, 해가 바다에 비쳐 물결에 너울거리는 풍경이 보기 좋았다. 서양 미술사에서 인상파의 시초가 된 작품, 모네가 그린 〈인상〉 속의 태양을 떠올리게 할 만큼 장관이었다.

01 마라도에서의 이틀

기원정사의 갤러리 평화원과 마라도

제주도를 수차례 여행하면서도 나는 정작 마라도에는 가보지 못했다. 그곳에 관한 여러 글과 사진을 보며 언젠가는 가보리라 생각만 하고 아껴두었던 곳. 첫 방문은 반드시 혼자 가보고 싶었던 곳. 드디어 그 마라도에 간다.

마라도는 익히 알다시피 국토 최남단의 섬이다. 제주도도 섬이지만 제주는 마라도에 비하면 대륙 같은 곳이다. 마라도는 그렇게 작은 섬이다. 섬이다 보니 배편을 이용해야 하는데 이게 날씨의 영향을 받기 때문에 며칠 전부터 날씨 예보를 꼼꼼히 살펴 오늘로 예정했었다. 아침에 일어나자마자 하늘을 보니 맑고 푸르다. 예정대로 마라도에 갈 수 있겠다. 어젯밤 미리 챙겨놓은 짐을 다시 확인하고서 서둘러 집을 나섰다.

버스를 타고 모슬포항으로 가면서 마라도 정기여객선대합실에 전화를 걸어 배편 상황을 확인했다. 참고로 말하면, 마라도에 가는 배편은 두 종류가 있다. 마라도 정기여객선과 마라도 정기유람선인데 여객선은 모슬포항 선착장에서, 유람선은 송악산 선착장에서 배를 탄다. 그리고 승선권을 발권할 때 나오는 배편을 같이 발권하기 때문에 마라도에서의 일정을 대략 예상해서 나오는 배편 시간을 정하는 것이 좋다. 또 사람이 많은 시즌에는 미리 예매해야지 그렇지 않으면 대합실에서 오래 기다리거나 가지 못할 수도 있다.

집에서 모슬포까지는 대략 두 시간쯤 걸리는데 이젠 버스 두 시간 타는 것도 익숙하다. 한숨 푹 자더라도 대략 내릴 곳 근처에서는 잠이 깬다. 신기하게 몸이 익숙해져 간다. 모슬포항 근처에서 내려 마라도 여객선 대합실까지 걸어오니 11시가 넘었다. 들어가는 배는 12시 배를 발권할 수 있는데 나오는 시간을 가늠하기 어려웠다. 마라도에 가본 적이 없으니 그곳에 얼마나 머물러야 할지 감이 잡히지 않았다. 그리고 사실 나는 마라도에서 하룻밤 잘 준비를 해오기도 했다. 마라도가 너무나 맘에 들어 하루를 꼭 머물고 싶을 때를 위한 대비였다.

그러니 나오는 배편을 정하기가 쉽지 않았다. 변경이 가능한지를 물어보고 일단은 4시 30분에 나오는 마지막 배편을 발권했다. 가방 깊숙이 표를 넣고 선착장으로 향했다.

한낮이라서 그런지 항구는 대체로 한산했다. 가끔 얼음 공장에서 얼음 부수는 소리가 들릴 뿐 바람과 바다마저 잠잠했다. 나는 마라도에 가면 꼭 보고 싶은 것이 있었다. 첫째는 갤러리 평화원에 가보는 것이고, 둘째는 마라도 성당에 가보고 싶었다. 셋째는 마라도에 하루 묵을 경우를 위한 것인데 마라도의 별밤을 보고 싶었다. 이곳에서는 은하수가 뚜렷이 보일 것 같았다. 그리고 넷째는 불 켜진 마라도 등대를 보고 싶었다. 그리고 물론 이러한 모든 것을 아울러 마라도의 느낌을 마음에 담아 돌아오고 싶었다. 오늘 내 가방은 이 일들을 위한 준비로 상당히 묵직했다.

드디어 마라도에서 나오는 사람들을 싣고 배가 들어온다. 사람들이 모두 내리고 배에 오르자 이내 출발. 배가 나아가기 시작하자 육지는 금세 멀어지고 왼쪽으로 수면 위에 솟은 야트막한 섬, 가파도가 보인다. 생각보다 가깝다. 그런데 그 뒤로 마라도마저 보인다. 뒤돌아보니 모슬포항과 산방산이 보이고 그 뒤로는 한라산이 넓게 서 있다. 최남단이라는 생각에 그냥 멀리 떨어진 섬일 줄 알았는데 생각보다 멀지 않아서 살짝 놀랐다.

배의 2층 난간에 서서 마라도를 바라보다가 배 밑으로 보이는 바다를 보게 되었는데 문득 바닷속이 너무도 어두워서 두려운 마음이 든다. 물속 생물들이 빛과 시각에 의존하기보다는 소리나 냄새에 의존해서 진화해 온 것도 이해가 간다. 진화, 생각해보면 진화라는 것은 적응이면서 변화이다. 적응과 변화, 서로 모순된 말이지만 그것이 생존의 진리라는 생각이다. 새로운 환경에는 적응해야 하고 적응하고 나면 다시 변화해야 한다.

적응을 생각하다 보니 저 유명한 다윈(Charles Robert Darwin. 1809~1882)의 자연선택과 진화론이 떠오른다. 그런데 과연 진화라는 것, 흔히 적자생존으로도 설명하는(스펜서, H. Spencer. 1864) 그 과정이 과연 우연히 일어나는 일인가를 생각해보면 아리송하다. 자세한 것은 모르지만 진화론을 다룬 책 『종의 기원』에서 다윈이 정말 '우연'이라는 단어를 썼는지 의심스럽다. 오히려 책에서는 'Mental Power'라는 말이 나온다. 적당한 번역어를 대자면 '정신력', 나는 이것이 진화의 비밀이 아닐까 생각한다. 만약 우연히 변화된 어떤 형질을 가진 개체가 더 나은 적응을 보여 살아남고, 그 형질이 철저한 유전법칙에 의해 계승된 것이라고 한다면, 그러니까 모든 것이 우연에서 시작해서 철저한 규칙을 따라 전개된 것이라면 이는 말도 모순될 뿐더러 그럴 리도 없어 보인다. 우리 인간이라는 종의 현존도 과연 우연일까? 여기 바다 위를 지나는 나라는 사람의 존재도, 내가 사랑하는 존재들도, 내 앞에 펼쳐진 이 모든 풍경도 모두 우연의 산물이라고 말해도 되는 것인가? 정말 우연히? 고개를 들어 가까워진 마라도를 보며 나는 모르긴 해도 우연이라고 말하면 안 될 것 같다고 생각했다.

배는 금세 마라도에 닿았다. 사람들이 모두 내린 뒤 거의 마지막으로 배에서 내려 섬에 올랐다. 모두 마을 쪽으로 올라가길래 나는 육지(제주도)가 보이는 한적한 바닷가에 가서 마라도에서 보이는 제주도를 마음껏 바라보았다. 거리상으로는 분명 멀 텐데 제주도와 한라산이 가깝게 보이는 것이 신기했다. 바닷가를 따라 반시계방향으로 섬을 돌기 시작했다. 처음 본 마라도, 혼자 와보길 잘했다는 생각이 들었다. 섬은 기대했던 것 이상의 분위기를 갖고 있다. 말이나 글로는 잘 표현되지 않는, 뭐랄까, 고요한 외로움 같은 분위기가 있다. 사무쳐서 부담스러운 외로움도 아니고 산 속에 혼자 사는 수행자의 외로움도 아닌 그냥 마라도의 외로움이라고 해야 할 것만 같다. 외롭지만 씩씩한 섬, 그래서 그 외로움이 부러울 만큼 매력적이다.

배에서 내린 한 무리의 사람들은 대부분 섬 반대편으로 갔는지 보이지 않는다. 홀로 마라도를 온몸으로 느끼며 걷다가 절벽 가까이에 그늘진 벤치가 보여 앉았다. 바다를 보고 앉아 땀을 식히며 마라도의 느낌에 취해갈 무렵 뒤에서 음악이 켜진다. 인상적인 드럼의 하이햇(Hi—Hat)으로 시작하는 노래. 어쩜, 이 노래, 지금 이 분위기와 너무도 잘 맞는다. 슬쩍 뒤돌아보니 걷기 여행을 하는지 커다란 배낭을 옆에 내려놓은 남자가 켠 음악이다. 하아~ 참, 이거 아무래도 오늘 밤은 이곳에서 묵어야 할 것 같다. 그 순간의 감동에 온몸이 찌릿찌릿해진다. 이 감동을 남겨두고 서너 시간 만에 섬을 나갈 수는 없을 것 같았다. 노래는 Rachael Yamagata가 부른 〈Be Be Your Love〉. 이 노래, 마라도와 함께 상당히 오래 기억될 것 같다. 더불어 음악을 틀어 분위기를 완성해준 남자에게도 마음으로 고마웠다.

마음을 추스르며 이제 본격적으로 마을로 들어서니 짜장면이 유명하긴 한지 곳곳에 짜장면집이 있다. 가게들은 서둘러 통과하고 마라분교를 둘러본 후 갤러리 평화원이 있는 기원정사로 향했다. 절 앞에 이르자 '마라도 창작스튜디오'라는 글귀와 함께 '자발적 유배의 시간'이라는 글이 보인다. 자발적 유배라... 말이 참 좋다. 절은 입구부터 예술가들의 흔적이 많다. 담을 이룬 돌에는 모두 제각각의 표정들이 새겨져 있고, 절 마당 잔디 위 곳곳에도 돌을 이용한 조형물들이 서 있다. 물론 거대한 해수관음상이 이곳이 절임을 알려주고 있다.

문 앞에 있는 관음전에 들어가 관세음보살께 인사드리고 경내로 들어갔다. 갤러리 평화원이라고 쓰인 현판이 없어서 갤러리처럼 보이는 곳 앞에서 사람을 불렀더니 스님과 남자 한 분이 나오신다. 나는 이곳이 갤러리인지를 확인하고서 갤러리를 보러 다니는 여행객이라고 말씀드렸더니 그곳이 갤러리는 맞는데 지금은 전시를 안 하는 기간이라고 하신다. 그리고는 이런저런 말씀을 하시길래 잠시 들어가도 되는지 청하고서는 들어갔다.

냉수를 앞에 두고 스님과 남자분과 나, 셋의 대화가 시작되었다. 해박하신 스님은 말씀에 막힘이 없으셨고 옆에 앉은 남자분은 호리호리

한 체형에 비해 묵직한 존재감이 느껴졌다. 말씀을 듣던 중에 동양철학 이야기가 나와서 내 전공이 동양철학임을 밝히자 스님께서는 반가워하시며 하룻밤 자고 가라 권하신다. 마침 마라도에서 하루 머물 생각을 하고 있던 터라 듣던 중 반가워서 못 이기는 척 그러겠다 말씀드렸다. 저녁 식사를 같이하자 약속하며 이야기를 마치고 남자분의 안내를 따라 요사채 방에 짐을 놓은 뒤 마라도를 한 바퀴 돌아볼 요량으로 절을 나섰다.

길을 걸으며 최남단 비석도 보고 그 아래 계단으로 더 내려가 정말 국토 최남단에 서서 드넓은 바다를 마주하기도 했다. 그 사이 다음 배에서 내린 사람들 무리가 한 차례 지나갔고, 그들이 멀어져 가는 것을 보고 나서 천천히 걸었다. 걷다 보니 특이한 모양의 마라도 성당이 보인다. 작고 귀여워 동화 속에나 나올 것 같은 모습. 외형은 전복을 모티브로 만들어졌다고 한다. 열린 문으로 들어서니 고요한 가운데 나지막이 성가가 울린다. 성스러운 마음이 절로 일어 눈물이 날 것처럼 감동스럽다. 빛은 천장에 있는 다섯 개의 창으로 들어오는데 예수님의 오상(五傷)을 상징한다고 한다. 간결하고 소박하지만 큰 울림이 있는 곳, 마라도 성당이다.

마라도에 온 지 얼마 되지도 않았는데 마라도의 감동은 상상 이상이다. 한 걸음 한 걸음이 크고 작은 감동의 연속이다. 한참을 성당에 앉아서 마라도에 온 이후로 줄곧 요동치고 있는 마음을 가라앉혔다. 마라도라는 상징적인 곳에 이런 성당이 있다는 것이 그냥 감사했다.

이곳을 짓기 위해 마음과 정성을 쏟은 부산교구 대연동 본당의 은인들과 꼰벤뚜알 프란치스코 수도회가 너무도 감사했다.

성당 뒤로는 우뚝 선 등대가 있다. 등대의 제 모습을 보려면 밤이 되어야 하기에 밤을 기약하며 다시 절로 향했다. 막배 시간이 가까워져서인지 섬에는 여행객이 드물어졌다. 여행객이 모두 빠져나간 마라도는 한산하다 못해 정적에 가까워진다. 바람과 고요함만이 남는다. 그렇구나, 마라도의 본모습은 여행객이 모두 떠난 후에야 만날 수 있는 것임을 알겠다. 마라도의 외로움 위에 서서 일몰을 보고 싶었다.

절에 가니 스님과 남자분이 절 근처의 식당으로 안내하신다. 특히 제주도의 막걸리가 일품이라며 맛보라고 권하시는데 이미 들뜬 마음에 빈속인 것도 잊은 채 넙죽넙죽 받아 마시니 술기운이 빨리 돌았다. 술이 좋아서였을까 아니면 내 기분이 좋아서였을까, 많이 취했고 이내 쓰러졌다. 그래도 마라도의 일몰은 기억에 남는다. 온 하늘과 바다를 붉게 물들인 태양이 장엄하게 바다로 내려가는 모습. 그토록 거대하게 온 하늘을 덮는 일몰은 그야말로 장관이었다. 그리고 나는 정신을 잃었다.

정신을 차리고 보니 방에 누워있었다. 새벽녘에 두 번 정도 깼지만 움직이지 못하고 다시 잠이 들었고 이제야 정신이 든다. 이불과 베개에서 모래가 느껴지는 것을 보니 아마 여기까지 오면서 땅에 몇 번 눕거나 앉았나 보다. 덩치가 작지도 않고 정신까지 잃었으니 스님과 남자분이 단단히 고생했을 게 분명하다. 몸을 씻고 방을 정리한 후 갤러리로 가니 스님과 남자분은 평소와 다름없이 아침을 시작하신 듯하다. 하긴 혼자서 넙죽넙죽 기분 좋게 술을 마셨으니 두 분은 멀쩡한 것이 어쩌면 당연하다. 갓 내려주신 향 좋은 커피를 마시면서 우리는 그제야 통성명했다. ○○ 스님과 박○○ 형. 잠시 앉아 있으니 또 어지러워진 나는 다시 잠이 들었고 일어나 보니 12시쯤 되었다. 스님은 제주에 용무가 있으셔서 서둘러 나가시는데 하룻밤 더 자고 가라셨지만 나는 컨디션이 좋지 못해 대답을 우물쭈물하고 말았다. 그리고는 박형이 차려주신 점심상에 앉았다.

식사하며 박형과 나눈 이야기가 기억에 남는다. 어느 삶인들 돌이켜 보면 모두 드라마처럼 극적인 면이 있겠지만 박형의 삶도 무척이나 드라마틱했다. 그리고 젊은 시절 자신의 경험을 토대로 귀한 생각을 엮어 지금 박형은 '사람책'을 구상하고 있다고 한다. 이것은 각각의 사람이 자기가 제공할 수 있는 시간과 공간 등을 공개해서 그것들을 모두 엮어 책으로 만들면 여행하는 청년들이 그 책을 가지고 각각의 방향에 맞게 찾아가서 그 책 안의 어느 분과 시간이나 공간으로 인연을 맺을 수 있는 것이다. 이를 통해 청년들은 다양한 곳을 여행하며 여러 사람을 만나고, 좋은 인연 속에서 성장할 수 있는 계기가 될 것이라고 한다. 박형이 살아온 모습으로 보아 조만간에 이 구상은 현실화될 것으로 믿는다. 단지 하루 보았을 뿐이지만 박형은 그런 사람이라는 것을 알 수 있었다.

점심을 마치고서 나는 짐을 챙겼다. 아무래도 집에 가서 쉬는 것이 나을 성싶었다. 박형의 배웅을 받으며 길을 나섰고 어제와 다름없이 사람들로 북적이는 음식점을 지나 선착장에 왔다. 마치 오래 있던 곳 마냥 익숙한 발걸음. 배를 타고 나오면서 마라도를 돌아보았다. 마라도의 별밤과 불 켜진 등대를 보지 못한 것이 못내 아쉽지만 그것 못지않은 인연을 만나 좋은 기억을 가지고 마라도를 떠난다. 이 여행을 마치기 전에 마라도에는 다시 한 번 와야 할 것 같다. 그땐 마라도의 별밤을 보고 싶다.

기원정사(祇園精舍)

기원정사라는 이름의 절은 마라도 이외에도 전국에 몇 곳이 있다. 이 이름의 유래는 『대반열반경(大般涅槃經)』과 『오분율(五分律)』 등에 실려 있는데 최완수 선생님의 설명이 좋아서 아래에 인용한다.

사위성(舍衛城, 현재 중인도 사헤트 마헤트 Sahet-Mahet)에 불타와 그 제자들이 머물 수 있는 정사(精舍: 사찰이란 뜻)를 기증하기로 마음먹은 수달장자(須達長者, 고독한 사람을 잘 돕는다 해서 급고독장자(給孤獨長者)라고도 함)가 기타(祇陀, Jeta)태자 소유의 원림(園林: 동산 숲)이 마땅한 장소임을 알고 사려고 하자, 태자는 이를 거절하려고 금으로 땅을 모두 덮는다면 팔겠다고 한다. 이에 수달장자가 흔쾌히 응낙하고 금으로 땅을 덮기 시작한다.

기타태자는 그 용도를 묻고 불덕의 위대함에 감동하여 원림은 자신이 기증하고 정사는 수달장자가 지어 공동명의로 불타께 기증하기로 합의한다. 이를 완성하고 기타태자의 수림에 급고독장자가 지은 정사란 의미로 기수급고독원(祇樹給孤獨園)이란 이름을 붙여 불타에게 공동으로 기증한다.*

기원정사는 바로 이 '기수급고독원'을 줄여 부르게 된 이름이다.

마라도에 절이 세워진 것은 1977년 마라분교 인근 2평 규모의 작은 건물에 관세음보살상을 봉안하면서이다. 당시 관음사 신도였던 마라분교 교사가 매일 조석예불을 드렸는데 몇 년 후 타 광신도에 의해 불상의 목이 잘려나가는 훼불사건이 발생하게 된다. 이에 마라도 주민들은 제주불교 본사 관음사를 찾아가 사찰 창건을 위한 도움을 요청하게 되었고, 그 결과로 정관 스님이 마라도 사찰 창건에 관한 소임을 맡게 되었다. 그리고 1987년 10월 마라도 주민들의 해상 활동을 보호하는 것은 물론, 더 나아가서는 국토의 끝에서 백두의 끝까지 평화 통일의 원력이 이어지기를 기원하는 의미로 북쪽을 향해 법당과 해수관음상을 세우고 기원정사를 창건하게 되었다.

그러나 기원정사는 상주하는 스님이 없고 매년 들이닥치는 태풍과 일부 관광객들의 몰지각한 행위 등으로 피해가 심각해져 존폐위기에 처하게 되었다. 더욱이 정관 스님마저 입적하게 되면서 기원정사는 결국 폐찰되어 민박집으로 전락하고 말았다. 현재의 기원정사는 이를 안타깝게 여긴 지원 스님이 2003년 이곳을 다시 매입하고 여러 스님과 신자들의 지속적인 노력으로 다시금 사찰로서의 모습을 회복시켜

---

* 최완수, 『한국불상의 원류를 찾아서』 1, 서울:대원사, 2002. 31쪽.

놓았다.

2004년 8월에는 해수관음전과 일주문을 신축하고 9월에는 관음전에 관세음보살 봉불식을 거행하면서 창건 당시의 원력을 다시 일으켜 세웠고, 2008년 10월에는 동북아 중심이자 평화의 출발이라는 기치 아래 8.5m 높이의 화강암으로 된 해수관음보살상을 모셔 현재에 이른다.*

---

* 디지털서귀포문화대전(http://seogwipo.grandculture.net): 마라도의 절

08 오백장군갤러리: 제주돌문화공원 內

어릴 땐 몰랐는데 요즘은 걷는다는 게 얼마나 좋은 일인가를 문득 문득 느낀다. 하루 종일 집에 있거나 일에 치여 며칠씩 매달릴 때, 또는 너무나 일상적인 반복에 묶여 몸이 배배 꼬일 때 잘 아는 길일 지언정 나가서 무작정 걷다 보면 어느새 배배 꼬이던 몸과 맘이 스르륵 편안해짐을 느낀다. 아무런 목적이 없어도 그렇게 걷는 그 순간이 무척 좋다. 자동차가 주는 엄청난 편리야 말할 것도 없지만 사람은 원래 걷도록 되어 있는 존재이니, 걸을 수 있는 한 걷는 일을 소홀히 하면 안 되겠다. 사람의 뇌가 커진 것도 인류가 두 발로 걷기 시작한 때와 같은 시기라고 하니, 걷는 일의 의미가 결코 작지 않다. 이는,

자동차를 놓아두고 걸어 다니기만 하자는 말이 아니라 걷는 일의 가치를 알면서 자동차를 이용하자는 거다. 모르긴 해도 그게 자동차라는 물건을 제대로 사용할 수 있는 길이기도 할 것이다.

제주아트랜드에 들렀다가 오백장군갤러리로 향했다. 한 번에 가는 버스가 없어 교래리에서 내려 다른 도로에 있는 정류장으로 걸어가 버스를 기다렸다. 텅 빈 정거장, 여태껏 정류장에서 다른 여행자를 만난 적이 없다. 그리고 실은 그렇게 혼자서 버스 기다리는 일을 꽤나 좋아한다. 시간표대로 오지만은 않는 버스를 기다리면서 주변을 둘러보기도 하고 여러 소리를 듣다 보면 마음 속에 그 순간의 풍경이 담기는 것 같다. 생각은 단순해지고 마음이 가벼워져 순간을 즐기게 된다. 렌터카를 타고 다닐 때는 결코 몰랐던 느낌들. 버스 여행의 낭만이랄까.

홀로 정류장에 앉아 버스를 기다리는데 저만치서 대학생으로 보이는 여학생이 걸어온다. 버스로 여행하는 차림새. 이내 정류장에 들어와 시간표를 살피더니 의자에 앉는다. 정류장에 감도는 어색한 침묵. 여학생이다 보니 공연한 오해를 살까 봐 행동이 조심스러워진다. 가만히 버스 오는 방향을 보고 있는데 그 여학생 가방이 열려 있다. 아무래도 물건을 흘릴 것 같아서 어색함을 깨고 말을 건넸다. 수줍은 듯 가방을 닫고는 고맙다고 인사한다. 그리고 다시 침묵. 한참을 기다려도 버스는 오지 않았다. 딴 데를 보며 앉아 있는데 그 여학생이 말을 걸어온다.

"여행하시나 봐요."

"!!!!! ...... 네."

이 이후에 나눈 우리의 대화는 상상에 맡기는 게 나을 것 같다. 어느 만큼 얘기 나누다 보니 버스가 왔고, 곧 제주 돌문화공원 앞 정류장에 같이 내렸다. 여기서부터는 가는 방향이 달라서 즐거운 여행 하라는 인사를 나누고 헤어졌다. 뒤돌아보니 혼자 걸어가는 모습이 하도 씩씩하고 대견해 보여서 사진을 남겼다. 스무 살. 용감할 수 있는 나이. 용감할 나이. 그 친구의 발걸음에 박수를 보내며 좋은 기억을 많이 갖고 돌아가길, 그리고 꿈과 도전, 경험과 느낌으로 충만한 20대의 나날이 되길 기원했다.

제주 돌문화공원은 한라산 영실에서 오래전부터 전해 내려오는 '설문대할망과 오백장군' 설화를 주제로 만들어진 공간이다. 특히 탐라목석원에서 기증받은 2만여 점을 주축으로 제주 돌박물관, 제주 돌문화전시관, 야외 전시관 등을 갖추고 있는데, 간단히 말하면 돌에 관한 거의 모든 문화를 전시한 종합 전시장이라고 보면 된다. 특히 설문대할망 전설과 관련된 조형물을 곳곳에 설치해 놓았는데 그 또한 볼거리이다.

오백장군갤러리는 공원 내의 남쪽에 있어 교래리 자연휴양림을 등지고 있다. 지하 1층, 지상 2층의 단독 건물인데, 지하 1층은 조록형상목을 상설 전시한다. 조록형상목은 제주도 기념물 제25호로서 한라산 700고지 이하에서만 자생하는 조록나무의 뿌리로 된 것인데, 나무가 죽고 난 후 그 뿌리가 땅속에서 오랜 세월을 거치면서 단단한 부분만 남아 특이한 형상을 이룬 것을 말한다. 밀도가 하도 단단해서 어지간한 열기에는 타지도 않고 물에 뜨지도 않는다고 한다. 전시실에 들어가니 기괴한 형상을 한 나무뿌리들이 전시되어 있다. 내가 전시실에 들어간 때는 해가 뉘엿한 오후였는데 약간 어두운 조명의 텅 빈 공간에서 기괴한 모양의 형상들에 둘러싸여 있으니 조금 무서운 생각이 들기도 한다. 얼른 둘러보고 전시실을 나왔다.

갤러리를 나오면 길 좌우에 오백장군이 도열해 있는 듯 거대한 바위들이 서 있다. 신기한 것은, 이 군상들 사이로 바람이 불면 낮은 휘파람 소리가 난다는 것이다. 해질녘 바람 부는 넓은 정원에서 듣는 이 휘파람 소리에는 스산함과 쓸쓸함이 잔뜩 실려 있었다. 마치 솥에 빠져 죽은 어머니를 그리는 오백장군의 흐느낌인 듯, 구슬픈 느낌이 서려 있다.

공원을 나오니 해가 기울어 하늘이 빨갛다. 여름이 가시지도 않았는데 도로 가에는 코스모스가 한창이다. 하기야 제주는 사시사철 거의 꽃을 볼 수 있는 곳이니 이상할 것도 없다. 꽃 섬 제주라고 할까나.

설문대할망과 오백장군 전설

설문대할망의 전설은 제주도의 생성과 지형에 대한 옛사람들의 이해를 설화의 형태로 전하고 있다. 여러 이야기를 아래에 모아 보았다.

1. 먼 옛날, 설문대할망은 치마에 흙을 담아 와 제주도를 만들고, 다시 흙을 일곱 번 떠놓아 한라산을 만들었다. 한라산을 쌓기 위해 흙을 퍼서 나르다 치마의 터진 부분으로 새어 나온 흙이 360여 개의 오름이 되었다. 또 한라산 봉우리가 너무 뾰족해서 그 부분을 꺾어서 잡아 던지니, 아랫부분은 움푹 패여 백록담이 되고 윗부분은 산방산이 되었다고 한다. 주먹으로 봉우리를 쳐서 만든 것이 다랑쉬오름의 굼부리이고, 성산포 일출봉 기슭의 등경돌은 설문대할망이 바느질을 할 때 등잔을 올려놓았던 받침대라고 알려져 있다.

2. 설문대할망은 키가 워낙 커서 한라산을 베고 누우면 다리가 관탈섬까지 뻗었는데, 관탈섬에 난 구멍은 할망이 다리를 잘못 뻗어 생긴 것이라고 한다. 관탈섬과 마라도를 밟고 우도를 빨랫돌로 삼아 빨

래를 했는데, 오줌 줄기가 너무 세어 지금도 우도와 성산 사이의 조류가 거칠다고 한다.

3. 설문대할망은 제주 사람들에게 명주로 속옷을 만들어 주면 육지까지 이어지는 다리를 만들어 주겠다고 제안했다. 사람들이 좋아하며 명주를 모으기 시작했지만 99통밖에 모으지 못했다. 결국 1통이 모자라 속옷을 만들지 못하자 설문대할망도 다리 놓던 일을 그만두었는데, 그때 다리를 놓던 흔적이 북제주군 조천과 신촌 사이에 뻗어 나간 엉장매이다.

4. 설문대할망은 큰 키를 자랑하며 깊다는 물을 다 찾아다녔다. 용담의 용연은 발등까지 왔고, 서귀포 서홍리 홍리물은 무릎까지밖에 자지 않았다. 그러나가 한라산 중턱에 있는 '물장오리'에 들어갔는데, 물장오리 밑이 뚫려 있어 그만 빠져 죽고 말았단다.

설문대할망의 죽음에 대해서는 또 다른 전설이 전한다.

5. 설문대할망이 설문대하르방과의 사이에 오백 아들을 두었다. 몹시 흉년든 어느 해, 하루는 먹을 것이 없어서 오백형제가 모두 양식을 구하러 나갔는데 어머니는 아들들이 돌아와 먹을 죽을 끓이다가 그만 발을 잘못 디뎌 죽솥에 빠져 죽어 버렸다. 아들들은 그런 줄도 모르고 돌아오자마자 죽을 퍼먹기 시작했다. 여느 때보다 정말 죽 맛이 좋았다. 그런데 나중에 돌아온 막냇동생이 죽을 먹으려고 솥을 젓

다가 큰 뼈다귀를 발견하고 어머니가 빠져 죽은 것을 알게 됐다. 막내는 어머니가 죽은 줄도 모르고 죽을 먹어치운 형제들과는 못 살겠다면서 애타게 어머니를 부르며 멀리 한경면 고산리 차귀섬으로 달려가서 바위가 되어 버렸다. 이것을 본 형들도 여기저기 늘어서서 날이면 날마다 어머니를 그리며 한없이 통탄하다가 모두 바위로 굳어져 버렸는데 그 자리가 지금 한라산 서남쪽 중턱 '영실'이라는 곳이고 이곳에 높이 솟은 기암절벽들을 오백장군(五百將軍)이라 부른다.*

* 디지털제주시문화대전: 설문대할망 / 돌문화공원 홈페이지.

09 기당미술관

　서귀포 일대에 가기 위해 아침 일찍 집을 나섰다. 다른 때보다 조금 일찍 나왔을 뿐인데 출근하는 사람과 차들로 도로가 약간 혼잡하다. 나에겐 여행지로만 생각되던 제주도가 이곳 사람들에게는 일상의 공간이자 삶의 터전이라는 당연한 사실을 그제야 헤아리게 된다. 팔자 좋은 한량으로 비쳐질까봐 마음을 조심하면서 버스를 탔다.

　제주 시외버스터미널에서 서귀포시를 향하는 버스를 타면 1131번 도로를 따라 달리면서 한라산을 오른쪽에 두고 넘어가게 된다. 이때

성판악을 지나 조금 더 가다 보면 길이가 1km 남짓 되는 숲터널이라는 곳을 지난다. 짙은 숲 사이로 도로가 나 있어서 공기마저 푸르게 느껴지는 곳. 아마 곶자왈의 느낌을 거의 그대로 간직하고 있는 듯, 한라산 숲속에 들어와 있는 느낌이 든다. 비록 차를 타고 지나면서 바라보는 풍경이지만 나는 이 길이 참 좋다.

서귀포에 있는 작가의 산책길은 이중섭미술관을 중심으로 동쪽과 서쪽으로 기다란 모양을 하고 있다. 지난번에는 동쪽을 돌면서 소암기념관, 서복전시관, 왈종미술관 등을 둘러보았으니 이번엔 서쪽을 돌면서 기당미술관에 들를 생각이다.

이중섭거리에서 시작한 길은 이내 나무 데크가 깔린 길로 이어진다. 꽤 긴 길을 걸어가면 시원한 물소리가 들리는데 무성한 나무에 가려서 보이지는 않으나 그곳이 바로 천지연폭포이다. 폭포의 시원함이 피부로 느껴질 만큼 가깝다. 데크를 벗어나 도로를 따라 조금 더 가면 기당미술관 표지판이 보이고 곧 미술관에 도착할 수 있다.

미술관은 약간 높은 곳에 자리하고 있어서 야트막한 오르막을 올라야 하지만 덕분에 시야가 훤해서 한라산의 긴 능선이 한눈에 보인다. 서귀포 쪽에서 한라산이 가장 잘 보이는 곳 중 하나가 아닐까 싶다. 미술관은 정원부터 조형물들이 서 있고, 마당 한가운데에 야자수가 있어 이곳이 남국임을 보여준다. 특히 미술관 외형은 원형의 건물 위에 둥글고 야트막한 지붕을 얹어 놓았는데 이는 제주의 농촌에서 흔히 볼 수 있는 '눌'(단으로 묶은 곡식이나 장작 따위를 차곡차곡 쌓은 더미인 '가리'의 제주 방언)의 형태를 본떠서 지었다고 한다.

이곳은 서귀포 출신의 재일동포 기당 강구범(奇堂 康龜範) 선생에 의해 1987년 건립되었고 개관하는 날 서귀포시에 기증되어 지금은 도립으로 운영 중이다. 내부에 들어서면 정면에 넓은 전시실이 있고 그 주위를 나선형 구조의 복도가 감싸고 있다. 작품은 홀과 복도에 전시되어 있는데, 특이한 것은 천장을 떠받치고 있는 나무들의 정렬이 인상적이라는 점과 곳곳의 자연채광 덕분에 어디서나 밝고 부드러운 분위기가 감돈다는 것이다. 1층에서는 주로 소장품이나 초대작가의 기획전시를 열고, 2층의 상설전시실에서는 우성 변시지 화백과 기당 선생의 친형인 서예가 강용범의 작품이 전시되어 있다.

1층 전시를 돌아보며 서서히 올라가 변시지 화백의 그림이 있는 2층 전시실에 닿았다. 변시지 화백의 그림을 직접 마주하고 보니 이 화가도 정말 삶에 대해, 자신의 예술에 대해, 미술에 대해, 그리고 아름다움에 대해 많은 고민을 한 화가임이 느껴진다. 그림에 등장하는 것은 남자 한 명, 말 한 마리, 새, 바다, 나무, 산 등이 전부인데, 그렇게 등장하는 존재들의 구도나 몸짓에서 작가의 고뇌가 굵직굵직하게 풍긴다. 작품이 다 좋다.

그림엔 많은 색이 사용되지도 않았다. 화면 가득 누런색이 채워져 있고 검은색의 거친 선들이 윤곽이 되어 그림을 이룬다. 선과 면, 그러고 보면 이는 그림의 가장 기본적인 형태이다. 유럽의 알타미라 (Altamira, 스페인)나 라스코(Lascaux, 프랑스)의 깊숙한 동굴 벽면에서 발견된 그림들도 이렇다. 일만 년도 더 전에 살았던 사람들이 평평한 벽면에 그린 그림. 단순한 채색과 투박한 선만으로도 그리고자 하는 것을 모두 드러낸 그림들. 변시지 화백의 그림을 보며 나는 어디선가 보았던 이 벽화들이 떠올랐다. 그의 그림들은 그토록 군더더기가 없다. 군더더기가 없으니 그림이 전하는 느낌이 분명하다. 외로움, 쓸쓸함, 평화, 애정, 기대, 기다림, 고뇌, 혼란 등. 외롭고 쓸쓸하지만 우울하지 않다. 절망적인 고독이 아니라 희망적인 기다림이고 그래서 평화롭다.

감탄하면서 그림을 보다가 뒤늦게 깨닫게 되는 한 가지. 하늘, 바다, 태양, 사람, 말, 집, 흙, 산 등이 모두 누런색이다. 까마귀와 나무는 검은색으로 칠해져 있다지만 나머지는 모두 누런색 일색. 특이한 누런색 그림이라는 것은 한눈에 바로 알았는데, 그 누런색으로 모든 것을 표현하고 있다는 것을 바로 알아채지 못한 것이 신기하다. 그 누런색의 정체를 작가는 이렇게 말했다.

"내 작품 속에서는 제주의 모든 사유물이 황토의 파노라마로 뒤덮인다. 어떤 평론가는 제주시대의 상징어인 황토색을 일컬어 제주 농부들이 즐겨 입는 갈중이 색에서 모티브를 얻었다고 한다. 갈중이란 제주 농부들의 작업복인데 땡감을 절구에 찧어 그 물로 옷감을 적셨다 말리면 진한 황토빛으로 변하는 것이다. 그러나 「제주畵」(제주 시절의 작품경향을 통칭하는 의미)의 바탕을 이루는 꾸들꾸들한 황토빛은 순수한 창향 제주의 품에 안기면서 섬의 척박한 역사와 수난으로 점철된 섬 사람들의 삶에 開眼했을 때, 나는 제주를 에워싼 바다가 전위적인 황토빛으로 물들어감을 체험했다. 삼라만상, 그 현란한 색채의 유혹을 떨쳐버린 극한 상황에서 황토색과 교감한 셈이다."

꾸들꾸들한 황토빛. 색을 세밀히 보지 못하고 어휘력도 부족한 내가 그냥 누런빛이라고 말한 그것, 꾸들꾸들한 황토빛. 그렇다. 그의 그림에서 보이는 색은 꾸들꾸들한 황토빛이라 해야 한다. 그 꾸들꾸들한 느낌으로 작가는 예술과 미술, 자기의 삶에 대한 진지한 고민을 그렸고, 그래서 그의 그림은 깊고도 잔잔한 울림을 만든다.

미술관을 나서니 해가 아직도 중천에 있다. 마침 서귀포에 있으니 제주도 남쪽의 거센 파도를 마주하고 싶어진다. 멀지 않은 곳에 있는, 파도치는 절벽 위에 세워진 갤러리. 뷰크레스트로 향했다.

우성 변시지(宇城 邊時志)

변시지 화백 연보를 먼저 소개하는 것이 좋겠다.

1926. 제주에 13대째 살아오며 상당한 농토와 재산을 가진 부친 변태
윤(邊泰潤)과 이사희(李四姬) 사이에서 5남 4녀 중 4남으로 출생.
(제주도 서귀포시 서홍동)

1931. 부친의 결정으로 가산을 정리하여 오사카로 도일(渡日).

1933. 오사카 花園 尋常 고등소학교 2학년, 학교 씨름대회에서 4학년
을 상대하다가 잘못되어 오른쪽 다리 장애가 생기고, 뛰어놀지
못해서 본격적으로 미술수업 시작.

1945. 오사카 미술대학 서양화과 졸업 후 도쿄로 상경, 일본예술원 회
원인 테라우치 만지로(寺內萬治郞) 문하에 들어가 당시 일본 화단
의 주류였던 인상파적 사실주의 분위기가 농후한 좌상(坐像) 인물
화와 풍경화 창작에 몰두.

1948. 제34회 光風會展에서 23세라는 역대 최연소 나이로 최고상을
수상. 광풍회 정회원으로 추대.

1949. 광풍회 심사위원 위촉.

1950년 전후. 승승장구하는 와중에 일본에서 배운 화풍의 한계와 채워 지지 않는 허전함을 느끼고는 새로운 화풍의 탐구와 함께 민족성 이나 민족의식을 자각, 조국으로 돌아갈 생각을 하기 시작.

1957. 서울대학교 총장과 미대학장의 초청으로 영구 귀국.

1958. 서울대학교 교수에 임용되었으나 1년을 채우지 못하고 사직.

1959. 마포고등학교 미술교사 재직.

1960. 서라벌 예술대학 미술과장에 초빙. 서울대학교 미술대학 동양화 과 출신의 이학숙(李鶴淑)과 결혼.

1963. 황홀한 비원의 절경에 감탄하여 매일 비원을 찾아감. 도쿄시절의 기법과는 전혀 다른 방법론으로 한국적인 美의 원형 탐구, 극사 실주의 기법에 입각하여 세필화의 화면구성 시작.

1975. 제주대학교 미술교육과의 초빙으로 제주로 이주. 제주의 본질을 표현하기 위한 새로운 기법 탐구.

1977. 고통스러운 오랜 모색 끝에 제주畵 방법론의 기틀을 마련.

1981. 유럽여행. 여행을 통해 제주畵가 서양의 모방이 아닌 자신만의 예술세계라는 자각과 확신을 가짐.

1987. 제주 출신 在日 기업인 강구범(康龜範, 1994 작고)의 희사로 변시 지의 뜻에 따라 〈기당미술관〉이 고향 서귀포에 설립되며 동료 화 가들의 기증을 받아 480점의 그림을 소장하고서 개관. 개관식 날 미술관을 서귀포시에 기증, 변지시를 명예관장으로 추대.

1995. 제주 섬 생활 20년째. 古稀를 맞아 자녀들이 그의 일대기를 담 은 화집 「폭풍의 바다」를 출간.

2013. 향년 88세로 별세.*

위의 연보에서 나는 그의 화려한 수상경력과 초대전, 전시회 등의 이력은 거의 쓰지 않았다. 그의 예술세계를 이해하는 데에는 그의 수상경력보다는 그의 삶을 들여다보고 예술가로서 그가 맞이한 삶의 전환을 살펴보는 것이 더 나을 것 같았기 때문이다.

크게 보면, 그의 삶에는 두 번의 전환이 있었던 것 같다. 승승장구하던 일본에서의 활동을 접고 한국으로 영구 귀국한 것이 그의 첫 번째 전환이었으며, 서울에서의 생활을 접고 제주도에 내려온 것이 그의 두 번째 전환이다. 일본에서 서울로, 서울에서 제주로 생활환경을 옮긴 것을 두고서 나는 전환이라고 말했지만 이는 단순히 거주지의 변화가 아니었다. 모국 서울과 고향 제주로 옮기면서 그는 새로운 영감을 얻었던 것 같고, 기존의 기법으로는 표현할 수 없는 이 영감을 위해 새로운 기법을 모색해야만 했던 것 같다.

첫 번째 전환에서 그는 일본에서 익힌 인상파적 사실주의 기법을 버렸고, 두 번째 전환에서는 서울에서 매일같이 비원을 드나들며 얻어낸 극사실주의 세필화 기법을 버렸다. 화가에게 있어서 기법이라는 것은 자신의 예술세계를 드러내는 수단, 말하자면 언어 같은 것이다. 자기의 기법이 있었기 때문에 추사선생은 추사가 된 것이며, 고흐는

---

* 한국미술연구회 자료실, 『畵家 邊時志』 제1편·제2편 자료집. 1990.

고흐가 된 것이다. 따라서 기법을 버린다는 것은 기존에 쌓아온 것을 모두 버리고 원점에서 다시 시작해야 함을 의미한다. 그리고 그러한 재시작이 결코 수월하지 않다는 것을 우리는 어느 정도 안다.

변시지 화백에게도 두 번의 버림과 새로운 기법의 탐구는 견디기 힘든 모진 고난의 시간이었으며, 이 시간은 짧지 않았고 때론 생명에 대한 본능적인 집착마저도 잃을 때가 있었음을 그 자신의 기록에서 읽을 수 있다. 그러나 그는 이 긴 시간의 고뇌와 인내를 견뎌냈고, 그 덕분에 우리는 지금 그의 황토빛 그림들을 마주할 수 있다. 변시지 화백의 제주 그림들을 보며 느끼는 그 깊고도 잔잔한 울림은 어쩌면 삶의 굽이굽이에서 작가가 견디어 낸 고난의 여정이 곱게 소화되어 그림으로 표현된 것이 아닌가 짐작해 본다.

변시지 화백의 삶을 더듬어보고 나니 오랫동안 잊고 지낸 글귀 하나가 떠오른다.

새는 스스로 알을 깨고 나온다.
알은 세계이다.
태어나고자 하는 자는 반드시 하나의 세계를 파괴해야만 한다.
새는 신에게로 날아간다.
신은 아브락사스(Abraxas)라고 불린다.
Der Vogel kämpft sich aus dem Ei.
Das Ei ist die Welt.

Wer geboren werden will, muss eine Welt zerstören.

Der Vogel filegt zu Gott.

Der Gott heißt Abraxas.

헤르만헤세(Hermann Hesse. 1877~1962)가 쓴 『데미안(Demian)』의 한 구절이다. 어렸을 때 잘 이해하지도 못하면서 글자만 읽다가 이 구절을 읽고서는 뭔지 몰라도 꽤나 멋진 말 같아서 되뇌곤 했었는데, 변시지의 삶을 헤아리다 보니 오랜만에 떠오른다.

날아오르고자 하는 새는 자기를 보호해주던 좁은 둥지를 버려야만 한다. 그것을 겁내는 한 끝내 날개를 펼 수 없다. 익히 알고 있는 이 진리를 변시지의 삶을 돌아보면서 다시금 깨닫게 된다. 멋지게 날아오르는 것만 동경하면서 정작 알을 깨고 둥지를 버리는 용기는 생각지 않는 것은 아닌지... 생각이 조심스러워진다.

그리고 보면, 작가에 대해 알아갈수록 그림이 더 잘 보이곤 한다. 우리는 더 많이 공감하고 더 잘 이해하기 위해서 많이 배우고 많이 경험해야 한다. 아래 글은 제주화 기법에 자신감을 얻었을 무렵 제주 신문에 그림과 함께 실었던 글이다. 그가 기억하는 어린 시절의 순수한 제주도와 중년의 화백이 살던 당시의 모습들에서 나는 오늘날 제주다움이 어떤 모양이어야 하는가를 생각해보게 된다.

"사람은 나이가 들면 들수록 추억에 산다는 말도 있듯이 어렸을 때의 어렴풋한 기억이지만, 나에게는 소중한 추억이 되었던 일들이 하나하나 떠오른다. 초가집 위에서 까마귀가 울면 외부 손님이나 소식이 온다는 이야기며, 차례를 지낸 다음 지붕에 음식을 뿌려 까마귀가 날아와 먹는 모습들, 서당 갈 때 개천 건너기, 새밭을 지나갈 때 무서운 전설 이야기 때문에 겁이 났던 일, 돼지 뒷간에 들어가 돼지 새끼 목에 줄을 감아 놀리려고 끌어내리려다가 돼지가 미처 나오지 못하고 죽어, 어이가 없어 야단도 치는 걸 잊었던 부모님의 모습, 그리고 아버님과 외할아버지댁에 갔다 올 때 조랑말을 탔다가 안장을 안 놓아서 엉덩이 살이 벗겨져 약이 없었던 때라 고양이털을 붙였던 일들, 지금 생각하면 현대 문명의 영향을 받지 않은 자연 속에서 자연에 순응하며 단순한 생활을 했던 때였지만, 요즘과 같이 관광지로서 사람들의 발길이 많이 디뎌지고, 개발되어 가는 나의 고장을 볼 때, 조금은 아쉬움 속에 어린 시절을 그리워하게 됨은 그러한 기억 때문이리라. 현대화 되어 가는 커다란 도시가 아니라, 여성적인 곡선의 한라산, 바닷가 주변의 검은 바윗돌, 심한 바람을 이겨온 두터운 새와 지붕, 풀을 뜯는 조랑말 등 다른 고장에서 볼 수 없는 농촌의 소박한 풍토 속의 정은 언제나 나의 마음을 이끌게 한다. 내가 이 섬에 태어난 때는 현대 문명의 영향을 받지 않았던 순수한 자연 그대로였다. 말하자면 현대의 미의식 이전에 제주도가 갖고 있는 섬, 그 자체의 아름다운 의식 속에서 생활하고 있을 때였다.

그러나 요즘은 외부 현대 문명의 영향을 받아 제주 고유의 아름다움이 잊혀져 가고 있는 것이 안타깝지만, 문화의 발전은 누구나가 원하고 발전하면 할수록 도민들의 생활이 향상되며 그것을 위해서 누구나가 노력하고 있는 것이 아니겠는가? 문화란 원래 타 지역의 것을 받아들이는 데에서 발전한다는 것이 통례이지만 우리 제주의 고유한 미풍, 아름다움을 바로 보고 느껴 현대의 아름다움과 융합시켜 더 발전된 제주도의 독특한 미로 전개되어야 하지 않을까 하는 것들을 생각해 본다.

나는 매년 이맘때가 되면 개천가에서 마음대로 물장구치며 밤이면 누님한테 전설 이야기를 들으며, 어느 틈에 잠이 들었던 여름밤의 어린 시절이 생각난다."*

---

* 제주신문 1983. 7. 6일 자 기사 〈여름을 간다〉 그림·글: 변시지 / 한국미술연구회 자료실, 『畵家 邊時志』 제1편·제2편 자료집. 1990.

10 뷰크레스트

갤러리카페인 뷰크레스트(Vuecrest)는 그 이름이 '절벽 위에서의 아름다운 전경'이라는 뜻이다. 이름에 걸맞게 바닷가 절벽을 지나는 올레 7코스 '외돌개—돔베낭골 구간'에 있어서 올레길을 걷다가 들어갈 수도 있고 도로에서 갈 수도 있다.

기당미술관에서 나온 나는 버스를 탔고, 서귀포 여자고등학교에서 내려 걸어갔다. 이중섭미술관 일대는 구도심의 빈티지가 곳곳에서 묻어나지만 불과 몇 정거장 지나온 이 일대는 남국 해안가의 시골 느낌이 물씬 풍긴다. 쭉쭉 뻗어 올라간 야자수들 아래에 귤밭이 있고, 시야가 열린 곳에서는 어김없이 수평선이 보인다. 이런 풍경이 바로 제주다운 풍경 중의 하나가 아닐까 한다.

안내판을 따라 바닷가로 향하면 바다를 향해 들어앉은 뷰크레스트가 보인다. 입구로 가 보면 바로 절벽 위. 아래로는 거친 파도 소리가 들린다. 갤러리는 제주에서 종종 볼 수 있는 노출콘크리트 공법으로 지어져 있다. 잔디 깔린 너른 정원과 바다를 향한 큰 유리창들. 지형을 따라 자연스럽게 2층으로 되어 있는데, 1층이 갤러리와 카페이다.

이곳은 두 개의 공간으로 나뉘어 하나는 전시만을 위한 작은 공간이고, 다른 하나는 카페를 겸한 갤러리인데, 주로 초대전시를 기획하여 1년에 네 차례, 각각 3개월씩 전시한다고 한다. 구조가 독특한데 두 개의 공간에서 모두 바다를 볼 수 있고, 뒤쪽에는 건물 안에 하늘이 열린 야외의 공간을 마련해서 독특한 공간감을 준다.

게다가 이곳은 창 너머 풍경이 꽤 근사한 곳이다. 잘 손질된 정원 위로 절벽 위에 자라는 나무들과 수평선이 만들어내는 경치가 그야말로 볼 만하다. 비라도 내리는 쌀쌀한 날이라면 그 운치가 더할 것 같았다. 자리에 앉아 시원한 차를 마시면서 작품들을 둘러보고 그곳의 세련된 분위기를 만끽하다 일어났다.

갤러리 대문을 나오니 아직 시간이 넉넉해서 올레 7코스를 따라 걸었다. 걷는 길 주위로 나무와 풀이 무성하고 거친 파도 소리가 바로 밑에서 들린다. 잠시 걷다가 아래로 향한 좁은 계단이 보여 내려가니 이내 바닷가에 닿는다. 아! 거친 바다. 종종 느끼는 것이지만 제주의 남쪽 바다는 망망대해로 열려 있어서 그런지 몰라도 바람과 파도가 거세다. 변시지 화백의 그림에서 보았던 거센 바다가 떠오른다.

바다에서 만나는 풍랑을 육지 사람인 나로서는 알기 힘들다. 그러나 오늘처럼 여행 중에 잠깐 마주한 파도 앞에서도 나는 바다의 커다란 힘을 느끼곤 한다. 그 거대한 힘을 마주하고 서면 잠시나마 인간이라는 존재의 왜소함을 깨닫고, 문득 은근히 거만 떨던 마음을 되돌아보게 된다. 바다. 받아. 받아들이려면 낮아야 한다. 언젠가 읽었던 故 신영복 선생님의 글귀가 떠올랐다.

"세상에서 가장 낮은 물이 '바다'입니다. 바다가 세상에서 가장 낮은 물입니다. 낮기 때문에 바다는 모든 물을 다 '받아들입니다'. 그래서 그 이름이 '바다'입니다."*

세상의 이치가 묘하면서도 당연하다. 아무것도 모르면서 아는 척하며 지내온 날들을 생각하면서 한참을 그렇게 서 있었다.

_____

* 신영복, 『강의』, 서울·돌베개, 2004. 289쪽.

|| 추사관

어제는 한라산 정상에 다녀왔다. 우리나라에서 제일 높은 산, 그리고 정상에 백록담이라는 아담한 연못을 간직한 산. 그 신비한 풍경을 직접 마주한 기억은 오래도록 잊혀지지 않을 것 같다. 제주를 알고자 한다면 역시 한라산도 다녀와야 하는 것임을 몸소 깨닫는다. 그만큼 한라산은 올라봐야 하는 곳이다.

사실 한라산을 오르면서 걱정스러웠던 것은 과연 다음날 제대로 걸을 수 있을까 하는 것이었는데, 잠을 깨고 몸 상태를 보니 종아리가 심하게 뻐근하고 당길 뿐 다른 데는 괜찮다. 충분히 돌아다닐 수 있을 것 같았다. 다만 빨리 걷지 못하고 1초에 한 걸음 정도로 걸을 뿐.

걷기보다는 버스를 오래 타는 것이 나을 것 같아서 일주도로를 살피다가 대정읍에 있는 추사관에 가보기로 했다. 서둘러 채비하고 나갔다. 먼 길을 가야 하기 때문에 마음은 서두르는데, 실제 걸음은 1초에 한 걸음. 스스로도 웃음이 났다.

제주에서 버스여행을 하노라면 서일주버스나 동일주버스를 자주 이용하게 된다. 해안가도로를 따라 북쪽의 제주시와 남쪽의 서귀포시를 왕복하는 버스인데 생각보다 편리하다. 많은 관광지가 해안가 가까이에 있기 때문이기도 하지만 버스가 자주 있다는 것도 맘에 든다. 한적한 시간에도 한 시간에 두 대는 지나간다. 그래서 외출하면 한 번 이상은 꼭 타게 된다.

추사관은 개인적으로는 세 번째 방문이지만 새롭게 문을 열고서는 처음 가는 길이라서 과연 어떤 모습일지 기대가 커진다. 버스에서 내려 빨리 걷지도 못하면서 마음으로는 힘껏 속도를 내본다.

추사관은 건축가 승효상 님의 작품이다. 모든 예술이 다 그렇듯 유심히 보지 않으면 그냥 평범해 보이지만 보려는 마음으로 눈을 크게 뜨면 건축가의 안배를 발견할 수 있다. 추사관은 특히 그런 곳이다.

추사관에 도착해 바라본 건물은 단순한 외형을 하고 있어서 그냥 시골에 있는 창고처럼 보였다. 더구나 앞에는 나무 두 그루가 서 있어서 '추사관'이라는 글씨마저 가리고 있다. 어리둥절한 마음에 고개를 갸우뚱하게 된다. 설계상의 실수는 아닐 테고 혹시 시공업자의 실수인가 하는 마음으로 입구로 향했다. 지하로 인도하는 계단, 추사관 입구는 지하에 마련되어 있었다.

건물 안으로 들어가 이리저리 둘러보니 예전 건물에 비해 월등히 좋아졌다. 내 기억에 예전의 유물전시관은 공간도 좁고 습기도 느껴져서 유물 상태가 걱정스러울 정도였는데, 새로 지은 이곳은 지하인데도 쾌적했다. 특히 천정이 높고 곳곳에 자연채광이 들어와서 지하가 주는 답답함이 전혀 없었다. 안내에 따라 전시관으로 향하면 유리벽 안에 전시된 추사선생의 유묵들을 볼 수 있고, 중간 중간 설명을 읽으면서 선생의 생애와 예술에 대해서 알 수 있다. 전시실은 세 개인데 위에서 본 건물 크기에 비해 지하의 전시실이 넓게 설계되어 있었다.

이곳의 압권은 단연 〈세한도〉이다. 진품은 국립중앙박물관에 소장되어 있고, 여기에 전시된 것은 일제강점기 때 최고의 추사연구자였던 후지츠카 치카시(藤塚鄰, 1879~1948)가 1939년에 복제하여 만든 한정본 100점 중의 하나이다. 비록 복제본이라 하더라도 〈세한도〉가 있어야 할 곳, 제자리에 있는 듯해서 마음이 흐뭇하다. 꼼꼼히 〈세한도〉를 보고 여러 발문의 번역들을 읽다 보면 당시 〈세한도〉의 인기를 실감하게 된다. 〈세한도〉 이외에도 전시실에는 추사선생의 초상과 추사체로 쓴 글씨, 그리고 편지글 등이 전시되어 있다. 무엇보다 많은 작품이 전시되어 있어서 긴 호흡으로 추사선생을 만날 수 있다는 것이 맘에 든다.

전시실을 돌면 다시 가운데에 있는 계단을 통해 건물의 1층으로 올라갈 수 있다. 1층에는 추사선생의 흉상만이 정면의 동그란 창을 바라보고 앉아있다. 무언가 의도된 배치 같은데 아직 잘 모르겠다. 역시 고개를 갸우뚱. 궁금함을 갖고 밖으로 나오면 선생이 머물던 강도순의 집이 복원되어 있다. 비록 복원된 공간이지만 선생이 거처하던 작은 초가집을 보니 슬픔과 괴로움을 견디며 추사체를 완성하고 〈세한도〉를 그렸을 선생의 모습을 상상하게 된다. 한참을 이리저리 기웃거리며 선생의 흔적을 상상하다가 이내 밖으로 나와 다시 매표소 쪽으로 향했다.

이쯤 되면 돌아볼 곳을 다 보았기 때문에 그냥 걸어나가기 일쑤이다. 그러나 이제부터 눈을 크게 떠야 한다. 추사관의 백미는 바로 이 길에서 볼 수 있기 때문이다. 매표소를 향해 걷다가 어느 지점에 이르면 처음에 어색하게 느껴지던 추사관 건물이 왜 그러한 모양새인지 알게 된다. 추사관은 〈세한도〉에 그려진 소박한 집 한 채의 모습을 그대로 재현해 놓았다. 그림 속의 집이 두꺼운 벽에 동그란 창 하나 뚫려 있듯이 이 추사관도 두꺼운 벽에 동그란 창 하나 그대로이다. 심지어 비율마저도 비슷하다. 게다가 처음 추사관을 보면서 이상하다고 느꼈던 두 그루의 나무는 그림에서 집 왼쪽에 있는 두 그루의 나무를 나타내는 것이었다. '추사관'이라는 글자를 나무에 숨긴 이유도 그제야 이해가 간다. 그리고 또 한 가지, 건물 1층 내부에 오직 추사선생의 흉상만을 배치한 의도도 알겠다. 〈세한도〉 속의 집이 유배 온 선생의 거처라면, 소나무와 잣나무 푸르른 겨울철에 선생이 있을 곳은 그림 속의 집뿐이다. 하~, 참 감탄스럽다.

생각이 여기에 미치자 서 있는 자리에서 발걸음을 옮길 수 없다. 추사선생과 〈세한도〉에 관심이 있는 사람이라면 그림 속의 그 집, 추사선생이 자기 손으로 그린 그 집을 오늘날 눈앞에서 볼 수 있다는 사실에 마음이 뭉클해진다. 건축가 승효상 님을 잘 모르긴 해도 그의 명성이 허명이 아님을 알겠다. 그러고 보면 역사적인 스토리나 신화와 관련된 건축물을 설계할 때 건축가의 예술적 역량이 잘 드러나는 게 아닌가 싶다. 이야기 매체를 3차원의 공간에 구현한다는 것은, 그것도 노골적이지 않고 은근하게 함축시킨다는 것은 단순히 기술적인 수준이 아니라 예술의 영역이며, 그런 점에서 건축이 예술이 되는 것 아닌가 생각해 본다. 아~, 추사관은 전시 내용은 물론 건물마저도 정말 잘 구성된 곳이다.

이렇게 마음이 흡족한 날은 집에 가는 길이 마냥 즐겁다. 일주버스를 타고 제주시 쪽으로 올라가다 보니 오늘도 뉘엿뉘엿 지는 해가 온 하늘을 붉게 물들인다. 제주도의 서쪽, 일몰이 예쁜 곳.

추사와 〈세한도〉

지내다 보면 아주 가끔씩, 정말 이 사회의 어른 같은 분들을 만나곤 한다. 그런 날에는, 우리 세상에 그런 분들이 여전히 계시다는 생각과 내가 그런 분을 뵐 수 있었다는 사실에 마음이 따뜻해진다. 단순히 돈이 많거나 사회적 지위가 높은 분이 아니라 흔히 말하는 덕이 높은 분들. 그래서 그런 분을 뵙고 돌아온 날에는 마치 향기 좋은 곳에 다녀온 후 옷에 남은 잔향에 문득 기분이 흐뭇해지는 것처럼 그렇게 마음 넉넉한 밤을 보내게 된다.

추사관을 돌며 추사선생의 흔적들을 대하는 동안 나는 추사선생도 살아생전에는 그 사회의 어른, 그 당시를 떠받치는 대들보 같은 분이 아니었을까 하는 생각을 하게 되었다. 구체적인 정황은 모르지만 선생의 글들과 초상화, 흉상 등을 보면서 내내 그런 생각이 들었다.

추사 김정희(秋史 金正喜, 1786~1856). 지금 우리에게는 추사체와 〈세한도〉로 알려져 있지만 추사선생은 젊은 시절에 이미 중국에까지 널리 알려져 있었다. 당대 중국 학계의 최고봉인 옹방강(翁方綱, 1733 ~1818)이 젊은 추사를 처음 만나 그 자리에서 스승과 제자의 인연을 맺을 만큼 추사선생의 인품과 학식은 대단한 것이었다. 이후로 추사선생이 지은 글은 중국의 학자들에게도 널리 읽히는 등 추사선생의 입지는 조선을 넘어 중국에 이르는 것이었으니, 아마 당대 학계를 주도하는 학자 가운데 한 분이었다고 할 수 있겠다.

그렇게 유명한 학자가 제주도에 유배되어 그린 〈세한도〉라는 그림이 제자를 통해 중국에 알려졌을 때 당대의 학자들은 저마다 붓을 들어 글을 덧붙이곤 했는데 이 글들이 바로 지금 〈세한도〉 뒤에 붙어있는 엄청난 길이의 글이다. 그리고 보면 당대 중국과 조선의 유명한 인물들의 글을 이렇게 한 자리에 모아 놓은 문서가 〈세한도〉 이외에 또 있을까 싶다.

추사선생이 〈세한도〉를 그린 것은 제주도 유배시절이다. 권세 높은 집안에서 나고 자라서 출세의 가도를 달리다가 모든 것을 잃고 나라의 끝, 제주도에 유배되었고 위리안치라는 치욕까지 더해진다. 〈세한도〉는 추사선생이 가난하고 힘든 시절, 기후마저 낯선 먼 땅으로 쫓겨나 항상 병마에 시달리는 상황에서 한결같이 자신에게 마음을 써주는 제자 이상적(李尙迪, 1804~1865)에게 고마운 마음을 담아 그려 보낸 것이다.

세한(歲寒)이라는 말은 『논어』에 나온다.

한겨울 추운 날씨가 된 다음에야 소나무, 잣나무가 시들지 않음을 안다.
歲寒然後, 知松栢之後彫也.

봄이나 여름처럼 날씨가 따뜻하고 모든 풀과 나무가 왕성하게 자랄 때는 소나무·잣나무도 그들 틈에 섞여 있어 다 같이 무성할 뿐이다. 날씨가 추워져 낙엽이 지고 나서야 빈 가지들 사이에서 의연하게 푸르름을 간직하고 있는 소나무·잣나무를 알아볼 수 있다는 말이다. 선생의 변한 처지에 상관없이 한결같은 제자에 대한 칭찬임이 당연하다.

〈세한도〉를 보면 가운데 집을 중심으로 왼쪽과 오른쪽에 나무 네 그루가 보이는데 이것이 바로 소나무와 잣나무이다. 특히 오른편의 소나무 두 그루를 보면, 오른쪽의 두꺼운 노송은 거의 고목이 되어 생기(生氣)라고는 옆으로 뻗어 나온 가지에 달린 성근 이파리가 전부이다. 게다가 혼자 서 있는 것도 버거운 듯 옆의 소나무 쪽으로 기울어 있다. 노송 옆의 듬직한 소나무는 꼿꼿이 서서 가지를 내밀어 노송을 부축하는 듯하다. 이 나무 두 그루로 추사는 제자에 대한 자신의 마음을 드러내고 있다. 가운데에 있는 집은 아마 선생 자신의 거처일 것이다. 아무런 꾸밈도 허락되지 않은 위리안치의 공간에 동그랗게 뚫린 창으로 바깥을 보듯 제자의 고마운 배려 덕분에 그나마 바깥소식을 전해 받을 수 있음을 암시하는 듯하다. 그림은 제목에서뿐만 아니라 단출한 선과 구도 안에 몇 겹의 의미를 중첩하여 뜻을 전하고 있다.

사실 동양화는 그림에 속하지만 '보는 것'이라기보다는 '읽는 것'에 가까울 때가 있다. 그래서 옛 문헌에서 흔히 간화(看畵)라는 표현과 함께 독화(讀畵)라는 표현이 종종 보인다. 하릴없이 그리는 그림도 있기야 하겠지만, 전통적으로 동양화는 그림 안에 메시지를 담아 보내곤 했다. 특히 사대부들의 그림은 그러한 경향이 더해서 사물 하나하나가 가진 상징성을 꼼꼼히 따져서 그림 안에 배치함으로써 의미를 담았고, 그러한 그림은 단순히 보는 것을 넘어, 읽음으로써 이해되는 것이었다. 노골적인 표현보다는 은근하고 한 겹 가린 것을 미덕으로 여긴 문화이기에 가능한 일들이다.

8년이 넘는 유배 기간에 선생은 추사체를 다듬고 〈세한도〉를 그렸다. 세월과 시대를 한탄하고만 있었다면 결코 이룰 수 없는 일들이다. 나는 선생 말년에 친구 권돈인(權敦仁, 1783~1859)에게 보낸 편지의 한 구절을 잊지 않는다.

"내 칠십 평생 먹 갈아 뚫은 벼루가 열 개요, 글씨 써서 만든 몽당붓이 천 자루네."
七十年, 磨穿十硏, 禿盡千毫.

정계와 학계의 중심에 있다가 유배를 와 있는 마음 속의 슬픔과 괴로움이야 어쩔 수 없지만 하루하루 자신이 나아가야 할 길에서는 머뭇거리지 않았던 사람. 추사관에서 마주한 추사선생의 유묵에서 나는 묵묵한 정진을 마음에 새긴다.

아래는 〈세한도〉에 쓴 추사선생의 편지글과 〈세한도〉를 받은 제자 이상적의 답장인데 故 오주석 님의 번역이 좋아 옮겨 적는다. 스승과 제자의 담백하고도 진실한 마음이 전해지는 듯하다.

....

그대가 지난해에 계복(桂馥)의 『만학집(晩學集)』과 운경(惲敬)의 『대운산방문고(大雲山房文藁)』 두 책을 부쳐주고, 올해 또 하장령(賀長齡)이 편찬한 『황조경세문편(皇朝經世文編)』 120권을 보내주니, 이는 모두 세상에 흔한 일이 아니다. 천만 리 먼 곳에서 사온 것이고, 여러 해에 걸쳐서 얻은 것이니, 일시에 가능했던 일도 아니었다.

지금 세상은 온통 권세와 이득을 좇는 풍조가 휩쓸고 있다. 그런 풍조 속에서 서책을 구하는 일에 마음을 쓰고 힘들이기를 그같이 하고서도, 그대의 이곳을 보살펴 줄 사람에게 주지 않고, 바다 멀리 초췌하게 시들어 있는 사람에게 보내는 것을 마치 세상에서 잇속을 좇듯이 하였구나!

태사공(太史公) 사마천(司馬遷)이 말하기를 "권세와 이득을 바라고 합친 자들은 그것이 다하면 교제 또한 성글어진다."고 하였다. 그대 또한 세상의 도도한 흐름 속에 사는 한 사람으로 세상 풍조의 바깥으로 초연히 몸을 빼내었구나. 잇속으로 나를 대하지 않았기 때문인가? 아니면 태사공의 말씀이 잘못되었는가?

공자께서 말씀하시기를, "한겨울 추운 날씨가 된 다음에야 소나무, 잣나무가 시들지 않음을 알 수 있다."고 하셨다. 소나무, 잣나무는 본래 사계절 없이 잎이 지지 않는 것이다. 추운 계절이 오기 전에도 같은 소나무, 잣나무요, 추위가 닥친 후에도 여전히 같은 소나무, 잣나무다. 그런데도 성인께서 굳이 추위가 닥친 다음의 그것을 가리켜 말씀하셨다.

이제 그대가 나를 대하는 처신을 돌이켜 보면, 그 전이라고 더 잘한 것도 없지만, 그 후라고 전만큼 못한 일도 없었다. 그러나 예전의 그대에 대해서는 따로 일컬을 것이 없지만, 그 후에 그대가 보여준 태도는 역시 성인에게서도 칭찬을 받을 만한 것이 아닌가? 성인이 특히 추운 계절의 소나무, 잣나무를 말씀하신 것은 다만 시들지 않는 나무의 굳센 정절만을 위한 것이 아니었다. 역시 추운 계절이라는 그 시절에 대하여 따로 마음에 느끼신 점이 있었던 것이다.

아아! 전한(前漢) 시대와 같이 풍속이 아름다웠던 시절에도 급암(汲黯)과 정당시(鄭當時)처럼 어질던 사람조차 그들의 형편에 따라 빈객(賓客)이 모였다가는 흩어지곤 하였다. 하물며 하규현(下邽縣)의 적공(翟公)이 대문에 써 붙였다는 글씨 같은 것은 세상 인심의 박절함이 극에 다다른 것이리라. 슬프도다!

완당 노인이 쓰다.

....

〈세한도〉한 폭을 엎드려 읽으매 눈물이 저절로 흘러내리는 것을 깨닫지 못하였습니다. 어찌 그다지도 제 분수에 넘치는 칭찬을 하셨으며, 그 감개 또한 그토록 진실하고 절실하셨습니까? 아! 제가 어떤 사람이기에 권세와 이득을 따르지 않고 도도히 흐르는 세파 속에서 초연히 빠져나올 수 있겠습니까? 다만 구구한 작은 마음에 스스로 하지 않으려야 아니할 수 없었을 따름입니다. 하물며 이러한 서책은, 비유컨대 몸을 깨끗이 지니는 선비와 같습니다. 결국 어지러운 권세와는 걸맞지 않는 까닭에 저절로 맑고 시원한 곳을 찾아 돌아간 것뿐입니다. 어찌 다른 뜻이 있겠습니까?

이번 사행(使行) 길에 이 그림을 가지고 연경(燕京)에 들어가 표구를 해서 옛 지기(知己)분들께 두루 보이고 시문(詩文)을 청하고자 합니다. 다만 두려운 것은 이 그림을 보는 사람들이 제가 참으로 속세를 벗어나고 세상의 권세와 이득을 추월한 것처럼 여기는 것이니 어찌 부끄럽지 않겠습니까? 참으로 과당하신 말씀입니다.*

....

---

* 오주석, 『옛 그림 읽기의 즐거움』, 서울:솔 출판사, 2005 개정판. 152~163쪽.

12 연갤러리

아침에 눈을 떠서 올려다 본 하늘엔 구름이 가득하다. 언제라도 굵은 빗방울을 쏟을 것 같은 구름들. 이런 날엔 멀리 가기보단 가까운 곳을 찾게 된다. 지도를 펴고 제주 시내 부근을 살펴보다가 적당한 곳을 발견했다. 연갤러리. 이름에서 생긴 약간의 호기심에 가방을 챙겨 나섰다.

버스로 여행하다 보면 승용차로 다닐 땐 개의치 않았던 일들에 신경 쓰게 된다. 특히 날씨와 가방 무게에 민감하게 된다. 그래서 날씨 정보를 자주 확인하게 되고, 가방 안에 최소한의 것만 넣고 다니게 된다. 그러나 최소한의 것만을 담더라도 기본적으로 휴대해야 하는 것들이 있다 보니 가방이 가볍지만은 않다. 게다가 미술관이나 박물관에서 관련된 자료들을 구해 집으로 돌아올 때면 가방은 이미 묵직하다. 그래서 비가 오거나 너무 더운 날에는 먼 거리 여행이 종종 부담스럽다.

제주시의 남쪽 끄트머리, 넓은 도로를 걷는데 도로 가에 심어진 가로수가 눈에 들어온다. 나무 이름은 구실잣밤나무. 오래전에 심은 듯 굵기가 어른 몸통보다 굵은데 무성한 잎사귀들이 하늘을 가린 모양새가 예뻐서 자꾸만 올려다보게 되는 나무. 그 길을 따라 어느 만큼 걸어가니 저만치에 연갤러리가 보인다.

갤러리는 건물 2층에 자리해 있고 건물 벽면에 크게 연갤러리라고 쓰여 있어 알아보기 쉽다. 이곳은 서양화가 강명순 작가가 운영하고 있는데 작가의 작품이 전시되는 경우는 드물고 주로 대관 전시를 연다. 일 년 내내 거의 쉬지 않고 개인전 또는 단체전을 열고 있고 작품들도 대개 감각적인 작품이 걸리기 때문에 자주 방문하더라도 겹치지 않고 전시를 볼 수 있다.

이곳을 운영하시는 강명순 작가는 연꽃을 그린 작품이 많다. 동양에서는 오래전부터 연꽃에 대한 많은 이야기가 전하는데, 특히 진흙에 뿌리를 내리고서도 우아한 꽃을 피워내는 생태 때문에 불교 교리에서 자주 거론된다. 또 중국 송(宋)나라의 학자 주돈이는 애련설(愛蓮

說)이라는 글을 지어 연꽃의 아름다움을 칭송하기도 했다. 강명순 작가가 연꽃을 주로 그리는 이유는 잘 모르지만 분명 연꽃이 가진 이 상징적인 의미에서 작가의 개인적 체험이 있었을 것 같다.

연꽃을 이야기하다 보니 문득 글귀 하나 떠오른다.

연꽃은 아름답되 미욱하지 않고, 우아하되 사치스럽지 않고, 품격 높되 교만하지 않고, 향기롭되 유혹하지 않았습니다. 그 낮지만 귀한 자리에서, 나는 언제부턴가 부단히 달싹이고 보채던 나의 마음 한 자리를 돌아보게 되었습니다.*

해인사를 거닐며 보게 된 연꽃, 그때 느낀 바를 담담하게 써내려간 곽병찬 님의 글이었는데, 연꽃을 보면서 자기의 일상을 되돌아보고 스스로를 낮추려는 그 마음가짐이 진솔하게 느껴져서 한참을 되뇌곤 했던 구절이다.

한편 내게도 연꽃에 대한 좋은 기억이 있다. 내 고향에는 덕진공원 이라는 시민공원이 있고 공원 안에 큰 호수가 있는데 이곳이 전국에 서 가장 큰 연꽃 군락지이다. 여름에 접어들어 연꽃이 개화하기 시작 한 어느 날 이른 새벽에 호숫가에 갔다. 안개가 자욱한 길을 따라 걷 다 보니 은은한 연꽃 향기가 결을 따라 흘러감을 느낄 수 있었다. 향

---

* 전우익·윤구병 외, 『해인사를 거닐다』, 서울:도서출판 옹기장이, 2003. 29~30쪽.

원익청(香遠益淸)! 멀리 떨어져 있어도 향기는 더욱 맑다는 주돈이의 말을 실감할 수 있었던 것이다. 게다가 조용한 가운데 툭! 툭! 하는 소리, 연꽃이 꽃망울을 터뜨리는 그 조그마한 소리를 들을 때면 비밀스런 자연의 신비를 접한 듯 가슴이 벅차오르곤 했었다. 연꽃 그리는 화가를 이야기하다 보니 연꽃에 얽힌 어린 시절의 기억들이 하나둘 떠오른다.

갤러리를 둘러보고 나오니 하늘엔 여전히 구름이 잔뜩이다. 발길 닿는 대로 걸음을 옮겨 길 하나 건너가니 탐라문화회관과 커다란 돌비석이 보이고 안쪽으로 커다란 한옥이 보였다. 안에는 홍살문이 서 있고 일련의 묘소들이 정비되어 있는데, 이곳은 제주 고유의 세 성씨인 고씨(高氏), 부씨(夫氏), 양씨(梁氏) 중에서 고씨의 세위(世位)를 세워 놓고, 고려시대에 고려에 복속되어 성주로 봉해진 후 대대로 이어온 가문의 역사를 기념하고 있는 곳이었다. 지금의 제주도가 고려시대 이전에는 독자적인 하나의 자치국이었다는 사실, 어쩌면 당연한 것인데도 새롭게 인식된다. 우연히 들른 탐라문화회관에서 대대로 이곳에 살아온 사람들의 이야기를 알게 되었다. 제주도에 대해 알아갈수록 이곳이 품은 이야기와 역사가 더 궁금해지고 흥미로워진다. 내가 밟고선 이 땅에 대해 막연한 호기심이 점점 애착으로 바뀌어간다.

13 제주도립미술관

외국에서 몇 년 지내다 돌아온 친구가 언젠가 이런 말을 했다. 자기는 외국에서는 물론 우리나라에서 만나는 외국인에게 가능하면 친절한 모습을 보이려 노력한다고. 그 이유를 묻자 친구는, 자기가 외국에 머물 때 그 마을에서 한국인은 자기가 유일했는데 마을 사람들이 한국에 대해 잘 모르기 때문에 자기를 보면서 한국과 한국인에 대한 인상을 갖게 되더라는 것이었다. 상황이 그렇게 되니 그 마을에서 자기는 한국을 대표하는 사람이 되어 있었고, 뜻하지 않게 국가대표(?)가 되고 보니 행동을 조심할 수밖에 없었다고 한다. 이런 생각이 몸에 밴 그 친구는 한국에 돌아와서도 외국인을 만나면 무척 자상하게 대한다. 그 외국인에게 한국의 좋은 인상을 남기기 위해서다. 물론 외국인에게만 그런 것이 아니라 좀 과하다 싶을 만큼 남의 일을 적극적으로 도와주고 신경 써주는 친구다. 가까이에 이런 친구가 있는 나는 여러모로 보고 배우는 바가 커서 외국인을 만나면 나도 모르게 친절하려 노력하곤 한다.

제주도립미술관은 제주 시내에서 멀지 않지만 가는 버스가 드물기 때문에 시간을 잘 맞춰서 가야 한다. 얼마 전에도 버스 시간을 확인하지 않고 무작정 가려 했다가 버스를 타지 못하고 말았다. 오늘은 미리 시간을 알아보고 그에 맞추어 버스를 탔다. 버스는 한산했는데 외국인 여자가 타고 있었다. 제주에서 중국인과 일본인을 보는 것은 그리 어렵지 않은데 백인 외국인을 보니 좀 낯설었다. 더구나 관광지가 아니라 한적한 시내버스에서 말이다. 재미있는 것은, 제주도 사람이 보기엔 나도 그저 낯선 여행객 중 하나로 보일 텐데 이런 내 입장은 생각도 못하고 저 외국인 여행자를 내가 낯설게 바라보고 있다는 점이다.

시내를 벗어나 잠시 달리다가 도립미술관이라는 안내를 듣고 버스를 내렸다. 한적한 도로에 세워진 텅 빈 정류장. 그런데 그 외국인 여자가 따라 내린다. 그리고는 이내 나에게 제주러브랜드를 어떻게 가느냐고 묻는다. 물론 영어로. 나는 영어가 서툴긴 하지만 이런 정보를 알려 주는 것은 단어 몇 개만 말해도 다 통하게 마련이고, 또 영어가 안 되면 약도를 그려주거나 데려다주면 그만이니 어려울 것이 없었다. 게다가 다행스럽게도 러브랜드는 도립미술관 바로 옆에 있었다. 이런 사정을 설명하고서 나는 반대 방향 버스 시간표를 확인하라고 알려준 뒤에 같이 가자고 말했다. 그 외국인도 "OK!"라고 말한다. 생각보다 밝은 사람이다.

낯선 곳에 가면 나는 지도를 이용한다. 요즘은 핸드폰으로도 이용할 수 있어서 편리한데, 도립미술관은 나도 초행길이기 때문에 지도를 보며 방향을 잡았다. 정류장 이름도 도립미술관이기 때문에 분명 가까운 데에 있을 것이다. 지도를 보며 나는 외국인과 함께 걷기 시작했다. 그러나!! 나는 이때 내가 길눈이 어둡다는 사실을 잠시 망각하고 있었다.

처음엔 조용히 걷다가 이내 몇 마디 말을 주고받았는데, 이 친구는 러시아와 폴란드 사이에 있는 벨라루스(Republic of Belarus)에서 왔다고 한다. 현재는 아쿠아플라넷에서 일하고 있는데 한국에 온 지는 석 달 됐고 한 달 후엔 집으로 돌아간다고 했다. 얘기를 나누며 느낀 것이지만 백인이라고 모두 영어를 할 줄 아는 것은 아니다. 이 친구도 사실 영어를 거의 못한다. 말 한 마디 하려면 영어사전을 검색해서 단어를 보여주곤 하는 걸 보니 내 영어가 나은 것 같기도 하다. 둘 다 서툰 영어 때문에 자세한 이야기는 못 하지만 약간은 재미가 있다. 한참 가다 보니 길이 점점 좁아지면서 시골길로 변한다. 이거 뭔가 잘못된 듯하다. 도저히 미술관이나 러브랜드가 나올 것 같지 않은 분위기이다. 그래도 돌아갈 수가 없어서 일단은 가보기로 한다. 한참 가다 보니 저만치 떨어진 어떤 작업장 같은 곳에서 쉬고 있는 아저씨들이 보여서 이 방향이 도립미술관 가는 방향인가를 물으니 맞다고 하신다. 길을 따라 쭉 걸어가면 된다고 하신다. 그 말씀을 듣고서는 안심하고 계속 걸었는데 정말 한참을 가서야 어떤 도로에 닿을 수 있었다.(나중에 보니 이때 걸은 거리가 약 1.5km 정도였다.)

그런데 이런!! 아니길 바랐지만 눈앞에 나타난 곳은 수목원테마파크였다. 지도를 보니 도립미술관은 정확히 반대편에 있다. 이런! 이런! 나는 왜 이럴까! 혼자였으면 돌아가면 그만이지만 지금은 외국인을 안내하고 있는데 말이다. 이 외국인에게 이걸 어떻게 말해야 하나. 내가 방향을 잘못 잡아서 오던 길을 되돌아가야 한다는 걸 어떻게 말해야 할까. 좀 전에 작업장 같은 데에서 대답해 준 아저씨들은 뭘 듣고 대답한 것이란 말인가! 어쩔 수 없이 외국인에게 사실을 말하자 이 친구 무척이나 당황하고 어이없어한다. 나는 거듭 사과했지만, 문제는 돌아가는 길이다. 거리도 거리이지만 햇볕도 강하고 기온도 이미 너무 높아서 약간 지쳐있었기 때문이다.

한적한 도로에 서서 잠시 망연자실해 있는데 뒤쪽에서 지프차 한 대가 온다. 혹시나 하는 기대감에 차를 세우고 태워주실 수 있는지 물었지만 방향이 달라 어렵다고 하신다. 어쩔 수 없다. 미안함과 막막함으로 그렇게 서 있는데, 이게 웬일인가! 뒤쪽 도로에서 거짓말처럼 빈 택시가 온다. 하~, 다행이다. 행여 놓칠까 과장된 몸짓으로 택시를 세우고 그 외국인과 택시에 올랐다. 도로를 지나면서 보니 처음에 내린 버스 정류장에서 러브랜드까지는 정말 50m 정도 밖에 안 되더라. 이걸 못 보고 반대로 가서 그렇게 헤매다니. 러브랜드에서 내려 외국인과 인사하고 헤어졌지만 아마 이 외국인도 이 일이 기억에 남을 것 같다. 좋은 기억이 아닐지 모르겠지만.

도립미술관 정문에 도착했다. 널찍한 정원 위에 나지막이 엎드려 있는 미술관 뒤로 한라산이 보인다. 건물 규모가 크면서도 경관을 해치지 않아서 좋다. 정원을 걷기 시작하니 조각 작품들이 눈에 들어온다. 특히 나는 강시권 작가의 〈2011 정중동-사유〉라는 작품이 맘에 들었다. 정중동(靜中動)은 고요함과 움직임을 대립적으로 보지 않는 동양 특유의 사유이다. 두 개의 상대되는 항목을 나열하여 그것을 적대적으로 이해하지 않고 상보적(相補的)이고 대대적(待對的) 관계로 이해하는 것은, 모든 것은 변화하며 순환한다는 동양적 사유를 기초에 둔다. 고요함은 곧 움직임을 낳고 그 움직임이 극에 달하면 다시 고요해지는 이치이다. 이러한 사유이기에 동양의 철학은 고정된 것보다는 변화하는 것을 탐구하고, 또 변화 자체보다는 변화의 원리를 탐구했다. 강시권 작가는 이러한 정중동의 전형이 사람의 사유라고 생각한 모양이다. 그렇다. 사람이 명상에 들어 고요하게 있다 하더라도 그 안에서 한시도 가만히 있지 않는 것이 바로 사유, 생각이다. 게다가 실제의 작품은 텅 빈 사람의 외형에 머리에서 가슴으로 이어지는 끈이 내려와 있다. 사유가 머리에서 시작하여 가슴(마음)에서 완성되어야 하는 것을 말하는 것인지 아니면 고요함과 움직임의 관계가 마치 머리와 가슴의 관계와 같다는 것인지. 작가는 상당히 철학적인 작품을 만들어 놓았다.

정원을 거쳐 미술관 앞에 서면 건물 전면에 야트막한 연못이 있다. 이름하여 거울연못. 이 연못에 미술관 전면이 비친다. 제주도에는 건물 주변에 물을 채워 반영(反影) 효과를 설계한 곳이 몇 군데 있지만 이곳은 건물의 안과 밖에서 보는 반영이 기억에 남는다. 도립미술관은 단지 미술품을 소장하고 전시하는 공간이 아니라 건물 자체와 넓은 대지도 역시 하나의 작품으로 설계된 것 같다.

건물 내부는 여러 전시실을 갖추고 있는데 내가 먼저 찾은 곳은 장리석기념관이다. 원로화가인 장리석 화백이 2005년도에 기증한 110여 점의 작품을 순환 전시하는 공간이다. 장리석 화백은 1916년 평양 출신으로서 어려서부터 그림을 그렸으며, 6·25전쟁에서는 남한에서 군 복무를 했고, 35세가 되던 1951년부터 1954년까지 약 4년간 제주도에 머물며 그림을 그렸다. 1950년대에 국전에서 3번의 특선과 1번의 대통령상을 받으며 화가로서의 영광을 안았고 이후로도 많은 작품을 그렸다.

전시실에는 1960년대를 전후한 작품들 30여 점 정도가 전시되어 있었는데, 작품들은 대개 말이나 소가 보이는 목가적 풍경이나 시장 풍경 또는 해안가 해녀의 모습, 그리고 말을 그린 것들이었다. 그의 그림은 전체적으로 색감이 어두워 무겁게 내려앉아 차분한 느낌이다.

그만큼 요란하거나 경망스럽지 않고 진중하다. 그러면서도 소박한 일상의 모습이 드러나 있어서 고향의 정경을 떠올리게 한다.

특히 그의 대표적인 주제는 해녀 그림인데, 작품 속의 해녀는 결코 아름답거나 예쁘지 않다. 뭉툭하고 투박하며 색감마저 무거운데 이러한 점이 오히려 해녀의 삶을 여실히 표현한다. 해녀의 삶이란 것이 마냥 즐거운 일이 아니라 거친 바닷속을 드나들어야 하는 고된 일임을 생각하면 작가의 이런 표현은 있는 그대로의 해녀를 보여주는 것이라는 생각이다. 그러고 보니 작품들이 모두 그렇다. 특별히 아름답게 그려진 것도 없고 그렇다고 비관적인 느낌도 아닌 있는 그대로의 모습. 그냥 삶의 구석구석에서 만나는 당시의 정경을 차분하게 보여주고 있었다. 그래서 그런지 작품을 보는 동안 거칠게 밀려드는 감동이나 흥분이 있지는 않다. 단지 정겨운 마음에 그림을 대하고 생각하게 된다.

장리석기념관 옆으로는 큰 규모의 기획전시실 등이 있고, 전시 공간은 2층까지 마련되어 있다. 전시실을 이리저리 거닐다 보니 시간이 훌쩍 지났고, 버스 시간까지 대략 40분 정도가 남아서 미술관 뒤쪽 정원을 거닐다 나왔다. 다음에 다시 오게 되면 그땐 늦은 오후를 택해 카페에 앉아 거울 연못에 비치는 노을을 보고 싶었다.

시간을 넉넉히 두고 버스 정류장으로 돌아왔다. 좀 여유가 있어서 텅 빈 정류장 앞을 서성이는데 갑자기 어떤 차가 멈춘다. 밭에서 일하고 돌아가는 차림새의 나이 지긋하신 아주머니셨는데 창문을 내리더니, 여기는 버스가 아주 드물게 다니는데 혹시 제주 시내 쪽으로 갈 거면 버스 많이 다니는 데까지 태워줄까를 물으신다. 우와! 길 위에 있다 보니 이렇게 감사한 일도 만나는구나. 모르는 사람이라고 마냥 경계만 하는 게 아닌가 보다. 무척 감사했다. 하지만 버스가 곧 오기도 하거니와 아주머니가 내려주시는 곳에서는 어떤 버스를 타야 할지 몰라서 정말 정중하게 사양했다. 그래도 가시는 뒷모습을 한참 바라보게 되었다. 그분의 그런 행동 하나로 나는 제주를, 제주 사람들을, 제주에서의 추억을 훨씬 더 넉넉하고 따뜻한 느낌으로 간직할 수 있게 되었다. 외국에 머물다 온 친구가 했던 말이 떠올랐다.

|4 문화공간 양

여행을 시작하고서는 하루도 쉬지 않고 밖으로 돌아다니다 보니 요 며칠은 아침을 가볍게 시작하는 게 쉽지 않다. 게다가 오늘은 비바람마저 분다. 비 오는 풍경을 보면서 집에서 쉴까 하는 마음이 잠깐 들다가도 다시금 나가고 싶어진다. 멀리 가진 못하고 가깝지만 안 가본 미술관을 가려고 집을 나섰다. 문화공간 양. 국립제주박물관이 가까이에 있어서 이런 날 다녀오기에 무리가 없어 보였다.

최근 몇 년에 걸쳐 제주도에는 많은 문화예술인들이 터를 잡고서 문화적 풍토를 넓혀왔다. 미술관·갤러리를 여행하다 보면 피부로 느끼게 되는데, 그중에는 전통에 기대어 정통을 지향하는 부류도 있는가 하면 실험정신으로 똘똘 뭉쳐 개성 넘치는 예술을 지향하는 부류도 있다. 나는 예술에 대한 고민과 진정성이 있다면 어느 쪽이건 응원하는데, 문화공간 양은 이 중 후자 쪽에 속한다. 자기가 추구하는 것이 무엇인지를 분명히 알고, 조용하지만 꾸준하게 그 길을 걷고 있다. 겸손하지만 힘 있는 존재랄까, 그런 느낌이다.

문화공간 양은 제주 시내 동쪽 변두리에 있다. 오래된 주택가 한가운데에 좀 어색한 간판 하나만 세워져 있는 곳이다. 간판이 없다면 그저 많은 집들 중 하나로 보일 정도이다. 대개 실험적인 공간들은 다소 낯설고 어려운 분위기를 풍기기 때문에 쉽게 친숙해지지 못하곤 하는데, 이곳 대문 앞에 선 내 마음이 딱 그랬다. 들어갈까 말까 한 번 망설여진다. 그래도 안 들어갈 수는 없는 일. 조심스럽게 들어갔다. 그런데 안으로 들어가서 인사하고 이야기를 나누자 처음의 생각은 완전히 사라진다. 겸손하고 밝으며 유쾌하고 열정적이다. 이런 사람들이 있는 곳이니 이곳이 어떤 예술을 추구하든 나는 응원하고 싶어진다. 진정성이 느껴진다.

이곳은 관장님의 외조부모님이 사시던 집을 개조하여 작업실과 전시실을 갖추고서 레지던스 형식으로 운영하는 곳이다. 작가들이 거주하면서 서로에게 영감을 주고받으며 작업을 하고, 또 예술에 대한 여러 강의와 세미나를 개최하여 이론적인 교육에도 힘쓰고 있다고 한다. 특히 마음에 들었던 것은 주민들과의 소통을 위해 노력하고 있다는 점이었다. 예술가만을 위한 예술이 아니라 지역 주민들을 품에 안고 같이 가는 예술을 지향하고 있었다. 내 설명보다는 이곳의 자기소개를 옮기는 것이 좋을 것 같다.

〈문화공간 양〉은 '삶과 더불어 함께하는 예술'에 대한 생각을 실천으로 옮기는 과정의 하나로 2013년도에 설립되었습니다. 젊은 작가들을 지원하고, 숨겨진 작가들을 발굴하며, 지역주민들의 이야기를 담아내는 공간을 만들고자 합니다.

양, 말 걸기 — 사람을 부를 때 사용하는 제주도 방언. 〈문화공간 양〉은 예술로 사회에 말을 거는 공간입니다.
兩, 함께하기 — 두 양. 〈문화공간 양〉은 지역주민, 작가, 기획자 등이 더불어 함께하는 공간입니다.
梁, 다시보기 — 제주 양, 들보 양. 〈문화공간 양〉은 거로마을과 제주도의 오랜 역사를 돌아보고, 예술로 새롭게 재해석하고자 합니다.*

말을 걸고 함께 하고 역사를 돌아보는 예술. 그래서 이곳에서 열리는 전시들은 대개 순수 예술보다는 실험적인 예술에 가깝다. 소재도 다양하고 주제도 다채롭지만 그 가운데에 일관된 느낌은 예술을 통해 자기를 돌아보고 이웃을 돌아보게 한다는 것이다. 관조적이기도 하고 철학적이기도 하면서 무언가 아릿한 향수를 자아내는 작품들. 내가

---

* 문화공간 양 홈페이지.

방문했을 때의 전시도 일상에서 흔히 보았던 재료들을 재구성하고 재조합해서 인간의 본연에 대한 자각을 보여주려는 작품이 전시되어 있었다.

가끔 보면, 내가 보기엔 별것 아닌 일에 열정을 쏟는 사람들을 종종 보게 된다. 그 일이 과연 그럴 만한 가치가 있는지 잘 모르는 나로서는 그 열정에 공감하지 못한다. 그러나 그 안으로 들어가 눈 뜨고 귀를 기울이면 그들의 열정에 박수를 보내게 되는 경우가 많다. 문화공간 양도 그런 곳이다. 이분들의 열정은 결코 어렵거나 공감할 수 없는 일이 아니다. 어렵고 외롭지만 누군가는 해야 하는 일, 이곳을 만든 분들은 열정을 가지고 이런 일을 하고 있었다. 단지 아직은 시작 단계라서 그저 조용하고 담담하게 진행되고 있을 뿐이다. 시간 가는 줄 모른 채 여러 말씀을 들으면서 전시실을 둘러보고, 잠시 앉아 있다가 발길을 돌렸다. 말씀 나누면서 마신 하귤차 향기가 은은하게 입안에 감돈다.

제주도에는 문화공간 양처럼 젊은 작가들을 지원하고 지역 주민과의 소통을 추구하는 여러 실험적인 단체와 공간들이 있다. 서귀포시 남원읍의 꿈꾸는 고물상과 고물창고, 서귀포시 표선면의 가시리 창작지원센터, 서귀포시 성산읍의 문화곳간 시선, 쉼, 아트창고 차롱 등이 대표적인 곳이다. 이곳들은 마을에서 사용하지 않는 공간을 예술가들의 레지던스 시설로 재구성하여 예술가들을 지원하면서 지역의 예술적 발전을 위한 토대로 활용하고 있다. 이는 지자체와 주민, 그리고

118

예술가들이 뜻을 같이했다는 점에서 주목할 만하며, 시행된 지 얼마 되지 않았지만 의미 있는 실천을 보인다는 점에서 괄목할 만하다.

돌아오는 길에는 문화공간 양 근처에 있는 국립제주박물관에 잠시 들렀다. 웅장한 외관을 하고 있었는데 특별전시 같은 것은 없고 일반 전시만 진행 중이었다. 안에서 제주의 유물이나 오래된 지도와 문헌들, 그리고 역사적 사건들에 대해서 볼 수 있었다. 그러나 제주도에는 크고 작은 박물관이 많고 주제에 따라 특화된 곳이 많아서 이곳 박물관의 전시가 크게 새롭거나 하진 않았다.

박물관을 금세 둘러보고서는 집으로 돌아왔다. 그런데, 집에 들어와서야 우산이 없다는 것을 알았다. 버스에 오를 때는 분명 갖고 있었는데 놓고 내린 모양인지 그 이후의 기억이 없다. 이런!!! 아쉬운 마음을 어쩔 수 없다. 하나의 물건일지라도 내 손때가 묻은 물건들은 일종의 정(情)이 생기는 것 같다. 무척 아쉽다. 여러 추억이 깃든 물건일수록 애착이 생긴다. 제주에 하나둘씩 내 흔적을 남기게 된다.

15 갤러리 JIN

언젠가 제주도 중산간 지역에 예술인마을이 있다는 소식을 들었을 때, 나는 그곳이 제주도의 또 다른 명소가 될 것이라는 기대감과 함께 그곳에 가면 예술가들의 정취를 물씬 느낄 수 있겠다는 생각을 했었다. 저지리 문화예술인마을, 이곳은 1999년 IMF 당시 지역경제 활성화 및 특색화 개발 아이디어 시책으로 채택되어 소규모 택지조성 공사가 시작되었다. 이후 지역 특색화 개발 가능성이 검토되어 2001년에 문화예술인마을 조성 기본계획을 수립했고, 특색 있는 예술인마을 조성사업을 체계적으로 추진하는 한편, 2007년에는 제주현대미술관이 건립됨으로써 복합문화예술공간을 형성했다고 한다. 간단한 소식만 들어도 무언가 예술인의 정취가 물씬 느껴지며 기대감을 한껏 부풀린다.

저지리를 찾은 나는 마을 한가운데에 있는 현대미술관을 먼저 둘러본 후 마을 안내도를 펼쳐 들고 미술관 가까이에 있는 집들을 이리저리 기웃거려 보았다. 나지막한 담장 너머로 보이는 집들은 예술가들이 사는 곳임을 짐작할 수 있게 저마다 특색 있어 보였다. 그러나 평일이라서 그런지 이 일대를 돌아다니는 사람이 거의 없었고 동네가 무척 조용했다. 게다가 집집마다 대문도 모두 닫혀 있어서 조금은 어리둥절하다. 이 마을에 대해 좀 물어볼 생각으로 현대미술관의 '아트샵&카페'로 돌아갔다.

그런데! 카페 직원분 말씀은 나를 깜짝 놀라게 했다. 예술인 마을 서른 곳 넘는 집이 대개는 작가의 작업실로 쓰이느라 개방되지 않고, 개방되는 곳은 단 네 곳, 갤러리 노리, 먹글이 있는 집, 규당미술관(글오름집), 갤러리 JIN 뿐이라고 하신다. 그것도 갤러리 노리와 먹글이 있는 집만 항상 개방하고, 나머지 두 곳은 금·토·일요일만 오픈한다고 한다. 이럴 수가!!! 당혹감과 실망감이 교차한다. 문화예술인들이 옹기종기 모여 있는 마을을 상상하고서 그 많은 집을 모두 돌아볼 생각으로 단단히 준비하고 왔는데 정작 들어가 볼 수 있는 곳은 네 곳밖에 안 된다. 외부로 전해지는 이야기나 도로에 쓰인 문구들에서는 분명 저지리에 오면 예술가들이 일구어 놓은 정취에 흠뻑 취할 수 있을 것처럼 전해졌었는데 실제로는 예술가들을 만날 수도 없고 그저 담장 너머로 집 안쪽을 흘깃 보는 정도에 그치나 보다. 사실 확인도 없이 혼자서 상상을 키웠나 하는 생각이 들기도 하고 실망스러운 것도 사실이지만 그렇다고 그냥 돌아갈 수는 없는 일. 마을 안내도를 펼쳐 들고 걸음을 옮겼다.

인상 깊었던 곳은 갤러리 JIN이다. 이곳은 박광진 화백이 소장하고 있는 작품들을 전시한 갤러리이다. 현대미술관 분관 바로 옆에 있는데, 분관과는 경계석도 없이 단순한 입방체 건물 하나가 덩그러니 서 있어서 무심히 보면 미술관 부속건물처럼 보이기도 한다. 그러나 저 지리에서 딱 한 곳만 가라고 한다면 나는 이곳 갤러리 JIN에 갈 것이다. 좁은 공간에 30여 점의 작품이 빽빽하게 걸려 있는데 작품 하나하나가 모두 주옥같은 작품들이다. 첫 작품부터 마지막 작품까지 어느 것 하나 평범한 것이 없다. 모든 작품이 저마다의 울림을 전해준다. 세상에, 이럴 수도 있구나. 문득 이러한 작품들을 소장하고 있는 박광진 화백의 안목이 존경스러울 정도다. 찬찬히 볼수록 그림들은 저마다의 느낌을 전해주어 처음의 떨림이 가라앉지 않는다. 그러고 보면 명성이란, 예술가의 말이 아닌 그의 작품이 증명한다는 것은 진리이다. 작가의 유명세는 전혀 문제가 안 된다. 작품이 모든 것을 다 말해준다.

이곳에 전시된 작품들에서 나는 한국 근현대 미술의 한 축을 담당했던 작가들의 높은 예술 수준을 깨닫는다. 작가 한 사람의 여러 작품을 기획한 전시와는 달리 우리나라 근현대 미술의 명작들이 한 곳에 오밀조밀 모여 있는 모습이 약간은 뿌듯하다. 갤러리 한켠의 작은 서가에 작가들의 도록이 있어 한두 권 꺼내 펼쳐 보니 과연 눈을 새로 뜨게 할 만큼 모두 좋다. 익히 알고 있는 박수근 화백의 도록뿐만 아니라 김기창 화백의 도록도 있고, 갤러리에 전시되어 있던 민병갑, 권영우, 이마동, 윤중식, 박영선, 권옥연 등의 도록도 있었다. 이분들의 작품에서 받은 인상은 나로서는 상당히 커다란 것이었기에 뒤에 이분들 중 몇 분의 작품에 관한 인상을 따로 적었다.

갤러리 JIN을 둘러보고 나오니 시간이 한참 지나서 해가 상당히 기울어 있다. 아침에 내렸던 버스 정류장으로 돌아오니 시간표도 없고 정류장 표지판 하나만 덜렁 서 있다. 옆의 정자나무 그늘에 앉아 버스를 기다렸다. 한참을 기다려도 매미 소리만 요란할 뿐 버스는 오지 않았다. 버스뿐만 아니라 지나는 자동차가 아예 없다. 이렇게 텅 빈 도로에 앉아 있어 본 게 얼마 만인지 모르겠다. 문득 오지 않는 버스를 기다리는 이 시간이 좋아진다. 서울이었다면 분명 수시로 시계를 보며 버스를 기다렸을 테지만 지금만큼은 한가한 마음으로 이런 저런 생각을 곱씹어본다. 마음이 여유롭다.

한가하게 여유를 즐기다 보니 어느새 한 시간 가까이 지났다. 배도 고프고 해도 곧 저물 것 같아서 좀 떨어진 큰길을 향해 걷기 시작했다. 그런데 조금 걸으니 갑자기 소나기가 내린다. 지나는 비 치고는 제법 굵어서 길옆 나무 아래에서 우산을 쓴 채 비를 피하는데 저만치에 '감귤 베이커리 미애수다뜰'이라는 빵집이 보여서 뛰어 들어갔다. 비를 피하려고 들어갔지만 커피는 준비가 안 됐다는 말에 빵만 샀는데, 천혜향으로 만든 수제빵이라서 앙꼬에서 천혜향 맛이 났고 아직 포장하지 않은 감귤만주를 덤으로 주셨다. 맛있게 먹고 나오니 그사이에 비가 그쳐 있다. 길을 걸어 큰길로 향하는데 다시 세찬 소나기가 내린다. 이런! 비 피할 곳이 없어 신발을 적셔가며 소나기 속을 뚫고 정류장에 도착하니 거짓말처럼 비가 그치고 해가 뜬다. 하하하. 푹 젖은 신발과 바지에 비치는 햇볕이 왠지 우습다. 덕분에 더위는 가셨다.

큰길에서도 역시 버스는 쉬이 오지 않았고 다시 한 시간 남짓을 기다려 버스를 탔다. 땀과 비에 젖은 몸으로 집에 오니 밥 생각이 간절하다. 일상을 벗어난 곳에서의 식사는 그 자체가 별미이겠지만, 먼 길 다녀온 후 홀로 앉는 저녁 식탁은 감회가 좀 남다르다. 눈을 돌려 바다를 보니 고깃배 불빛이 오늘따라 더 정겹다. 이젠 이 풍경도 점점 익숙해지는가! 그러는 가운데, 더운 여름밤이 지나고 있다.

참고로 덧붙이면, 제주도를 버스로 여행한다면 기억해야 할 것이 한 가지 있다. 해안가의 일주도로나 간선도로를 달리는 시외버스는 그래도 자주 있는 편이지만 시골길 구석구석을 다니는 읍면순환버스는 배차 간격이 좀 길다. 그러니 어떤 장소에서 내릴 때는 그곳에서 다음 장소로 가는 버스 시간표를 대략 알아두는 것이 좋겠다. 그렇지 않으면 뜻하지 않게 오래 기다려야 하는 수가 생긴다. 버스를 기다리

는 시간이 무료하거나 아까운 것은 아니지만 그래도 눈앞에서 버스를
보내고 기다리는 두세 시간은 생각보다 긴 시간일 수 있다.

권영우

권영우(權寧禹, 1926~2013)의 작품은 신선하다. 그림을 마주하고 있으면 분명 무언가 느낌이 있고 작품이 전하는 메시지가 있는 것 같은데 막상 그게 무엇인지를 헤아려 보면 분명하게 정리되지는 않는다. 그래서 계속 보게 되고, 보면 또 느낌이 좋아서 그 자리에 머물게 되는 그림. 그림을 보고 나와서, 며칠이 지난 뒤에도 권영우의 그림을 떠올리면 분명 일정한 느낌이 있긴 한데 그게 잘 정리되지 않다가 한참 후 그의 예전 전시 도록에서 다음 글을 읽고서야 그 느낌이 좀 정리되는 듯했다.

"… 저는 동양화가도 서양화가도 아닌 그저 화가일 따름 … 작품 역시 동양화도 서양화도 아닌 회화 … 이제 우리도 이런 구분은 안 했으면 … 동양 사람이 그린 것이면 그것이 양화든 수채화든 동양화가 아닙니까. 내 작품은 그저 '하얀 그림'이라는 게 좋겠어요. 내 작품의 백색은 그저 안료에서 오는 느낌과는 아주 다를 뿐 아니라 서양화에서 사용하는 유채의 백색과도 전혀 달라요. 나는 그것을 기름기라고는 없는 소담한 맛, 해맑은 빛이라 부르고 싶어요. …"*

"… 저도 말주변이 없지만 등산가가 산에 왜 오르느냐는 질문에 '산이 저기 있으니 오른다'는 대답을 했던 것처럼 제 주변에 늘 화선지가 널려 있었고 당시 작업 상황이 열악했었기에 화판도 제가 만들고 종이가 찢어지면 덧붙이기도 했던 것을 보면서 그 변화가 재미있다는 생각에서 출발한 것이죠. …"**

많은 평론가들이 권영우 작가의 한지 작업과 그의 흰색에 대해 여러 의미 있는 평론들을 내놓았으니 내가 여기에 더할 말은 없겠다. 나는 단지 그의 작품 앞에 섰을 때 내 마음에 일어나는 그 묘한 느낌을 헤아려 볼 뿐이다. 뚫고 붙이고 오리고 접는 작업, 그리고 색깔의 오묘한 번짐과 한지의 효과를 잘 살린 작품들. 그의 작품은 한지의 밋밋한 질감에 여러 물리적 변화를 주어 독특한 질감을 형성하고, 그 평면 위에 추상적인 모양들을 구성하고 색을 입힘으로써 독특한 효과를 이룬다. 이렇게 완성된 작품은 그야말로 그림 볼 맛이 난다.

그의 작품들을 마주하면서 내 마음 속에 일어났던 무언가의 그 느낌, 그것은 아마, 모르긴 해도, 주변에 널려있던 흔한 화선지를 자기 평생의 예술적 마티에르로 삼으면서 그것이 독창적인 예술로 표현될

---

* 「흰색엔 끝없는 애정과 철학이」, 조선일보, 1977. 4. 27. / 미술평론가 김미경 교수의 평론에서 재인용.
** 「권영우와의 인터뷰」, 2002. 9. 12. / 미술평론가 김미경 교수의 평론에서 재인용.

수 있도록 고민해 온 작가의 노정에서 풍겨 나오는 것이 아닐까 생각해 본다. 우연에 의한 한 때의 기교가 아니라 연습하고 또 연습해서 완성해낸 느낌. 그의 작품을 마주하고서 생각을 정리하기 어려웠던 것은 이러한 이유 때문인지도 모르겠다. 그러고 보니 권영우 작가의 작품들 모두는 제목이 없다. 무제(無題). 없는 제목마저 마음에 드는 그림이다.

권옥연

그림을 마주하면 보자마자 마음이 동요되는 그림이 있는가 하면 천천히 음미하면서 마음이 울렁이는 그림이 있다. 권옥연(權玉淵, 1923~2011) 작가의 그림은 보자마자 마음이 동요되기 시작해서 한참을 음미해도 떨리는 마음이 가라앉지 않는 편에 속한다. 갤러리 JIN에서 본 작품 〈소녀〉. 세상에 이토록 잘 그린 소녀 그림이 또 있을까 싶다.

여자가 주인공인 그림으로는 그 유명한 레오나르도 다빈치(Leonardo da Vinci. 1452~1519)의 〈모나리자〉나 요하네스 베르메르(Johannes Jan Vermeer. 1632~1675)의 〈진주귀걸이를 한 소녀〉 등이 있다. 워낙 유명한 터라 여기저기에서 복제본을 볼 수 있지만 그 유명세 탓에 제대로 감상하기도 전에 그냥 훌륭한 그림, 좋은 그림으로 여기게 되어 버리는 그림들. 그러나 여기, 권옥연 작가가 그린 〈소녀〉는 작품 앞에 선 나를 몹시도 떨리게 한다. 나는 그림들을 볼 때 그리움이라든지 우수(憂愁) 같은, 조금은 쓸쓸한 감정이 깃든 그림들을 좋아하는데, 이 작품은 그림 속 소녀의 모습에서 절절한 우수와 서글

픔이 묻어난다. 그러나 소녀는 결코 오열하거나 통곡하지 않는다. 슬픈 눈 지그시 감고서 슬픔을 견뎌 낸다. 소녀가 취한 자세와 어깨, 살짝 떨군 얼굴, 힘없이 뜬 눈, 어두운 색조의 배경, 거친 질감 등 시선이 닿는 곳 모두에서 깊은 슬픔을 고요히 참고 있는 소녀가 느껴진다. 가만히 다가가 어깨라도 빌려주면 참았던 눈물을 조용히 흘릴 것 같은 우수. 이런 그림을 마주하고서 가볍게 지나치기는 쉽지 않다. 대개의 사람들이 눈물을 보이는 사람에게, 슬픔에 잠긴 사람에게 쉽게 마음이 열리듯 이 그림에도, 그림 속 소녀에게도 너무나 쉽게 마음이 열린다. 슬퍼하는 소녀 곁에서 잠시라도 조용한 위로를 해주어야 할 것만 같다.

그런데 이런 마음으로 그림을 보다 보면 어딘가 모르게 그림에서 달콤함이 느껴진다. 아주 약하지만 연한 쵸콜렛 향이랄까 그런 로맨스가 있다. 그래서 마냥 우울하지만은 않고 아주 예쁜 슬픔으로 느껴지는 건지도 모르겠다. 그러한 느낌 덕분에 조금은 몽환적이고 신비한 여인의 모습도 느껴진다. 하나의 그림, 그림 속 한 소녀의 모습에서 이리도 다양한 모습이 보인다. 세상에, 이렇게 그림을 잘 그려도 되는가 싶을 정도로 그 느낌은 생생하고 진하다. 떨리는 마음이 도무지 가라앉질 않는다. 아~, 권옥연. 멋진 그림을 그리는 작가이다.

16 방주고회

제주도는 버스 노선이 비교적 잘 짜여 있어서 웬만한 곳은 거의 버스로 갈 수 있다. 그러나 미술관을 여행하는 내 경우, 모든 미술관을 버스로 갈 수는 없다. 어떤 곳은 버스가 드물기도 하거니와 정류장에서 상당히 멀리 떨어져 있기도 하다. 이런 곳은 렌터카로 다니는 게 낫다. 나는 버스로 가기 어려운 곳들을 한데 모아 오늘과 내일, 이틀에 걸쳐 렌터카로 다닐 계획이다.

렌터카 빌린 이야기를 잠시 전할까 한다. 알다시피 제주에는 렌터카 회사가 아주 즐비하다. 공항 안팎에서 손쉽게 접할 수 있다. 나도 제주에 올 때마다 이용하는 렌터카 회사가 있는데, 이곳은 가격도 저렴하고 여행객의 입장을 최대한 고려해주는 것 같아서 서비스가 만족스럽다. 어제 늦은 오후, 오늘 이용할 차를 빌리기 위해 인터넷으로 예약했다. 잠시 후 상담원이 전화를 걸어와 구체적인 일정을 예약하는데 소정의 금액을 추가하면 통화를 마치고 바로 차를 빌려 갈 수 있다고 했다. 차를 미리 빌려 놓으면 아무래도 아침을 일찍 시작할 수 있을 것 같아서 그러겠다고 하고 차를 가지러 공항 쪽으로 나섰다.

어제는 마침 하루 종일 비가 오는 날이었는데 우산도 잃어버렸고 가진 거라고는 휴대용 우의(雨衣)밖에 없어서 그냥 비에 좀 젖을 생각을 하고 우의를 걸치고 나갔다. 나는 덩치가 큰 편이라서 휴대용 우의가 좀 작았다. 렌터카만 빌려서 돌아올 생각으로 집에 있던 복장 그대로 츄리닝 반바지에 슬리퍼를 신고 작은 우의를 걸치고 나가니 완전 동네 총각 행색이다. 버스를 타고 공항 근처에서 내려 다시 작은 우의를 입고 비를 적시면서 렌터카 회사로 갔다. 나에겐 익숙한 곳이라서 인사하며 들어섰는데 잠깐의 정적이 흐른다. 그리고 직원 왈(曰),

"어떻게 오셨어요?!!"

아니 렌터카 회사에 렌터카 빌리러 오지 뭐하러 올까!! 예상치 못한 물음에 얼떨결에 "차 예약해서 가지러 왔는데요."라고 말하니, 그제야

"아! 어서 오세요."라고 인사를 건넨다. 우의를 벗으면서 내 행색을 돌아보니 처음의 정적이 이해가 간다. 짐가방은커녕 집에서 입고 있던 티셔츠와 츄리닝 반바지를 입고 슬리퍼와 작은 우의를 걸치고 있었으니, 그냥 동네 슈퍼 갈 때 흔히 보는 모습이지 도저히 차를 빌리러 온 여행객 차림이 아니다. 부끄러울 만도 한 상황이었지만 생각보다 재밌어서 전혀 부끄럽지 않고 직원분과도 내 차림새를 두고 웃으면서 이야기할 수 있었다. 차를 빌리면서 있었던 해프닝이다.

차를 빌려다 놓은 덕분에 아침을 일찍 시작할 수 있었다. 비는 그치고 구름만 가득한 하늘. 오늘 계획은 방주교회를 시작으로 그 일대와 제주도 남서쪽을 돌아보고 해안도로를 타고 집으로 올라오는 것이니 급할 것 없는 느릿한 마음으로 방주교회로 향했다. 렌터카로 이동하니 버스로 이동할 때보다 당연히 편리하고 빠르다. 도착하고 보니 아직 이른 아침이라서 사람이 없고 주변을 지나는 차도 없어서 일대가 고즈넉한 것이 마치 산속 어느 절에 들어온 듯 고요하다. 산방산과 바다마저도 가까이 보인다.

방주교회는 서울 어느 교회의 집사이며 비오토피아 단지에 거주하던 모 기업의 김OO 회장이 마을 인근에 교회가 없는 것을 안타깝게 여기고, 또 생전에 모친께 교회 하나를 지어 봉헌하겠다던 약속을 지키기 위해서 봉헌했다고 한다.

이타미 준의 설계로 지어진 방주교회. 프랑스의 루르드 성지 지하에 지어진 성 비오 10세 대성당도 방주를 모티브로 지어졌다고 하는데, 여기 방주교회도 단지 외형만 보았을 뿐인데도 성경 내용을 반영한 건물이라는 생각이 든다. 꼭 방주를 연상시키지는 않더라도 무언가 특이한 모양의 교회당과 그 둘레에 조성된 인공 연못, 그리고 지붕을 덮은 기하학적 패턴의 패널들이 첫인상부터 호기심을 자아낸다.

가까이 다가가 연못을 따라 교회당 주변을 걷기 시작했다. 개방시간인 10시가 되려면 아직 한참 남았다. 천천히 걸으며 물에 비친 반영으로 교회당과 구름 낀 하늘을 바라보고 있으니 마음이 차분해진다. 그렇게 있으니 문득 물과 배가 상당히 종교적인 메타포라는 생각이 든다. 동서양을 막론하고 삶과 죽음에 대한 신화에는 어김없이 강물과 배가 등장한다. 게다가 교회는 사실 그 자체가 방주의 역할을 한다. 동식물을 태우고 홍수를 견딘다는 방주 이야기가 단지 소수의 선택받은 자들에 대한 이야기는 아닐 것이라는 생각이다. 인간에 대한 애정을 가진 종교가 그렇게 쪼잔한 사유를 남길 것 같지는 않다. 모르긴 해도 나는 노아의 일화를, 원하는 존재는 누구나 방주에 오를 수 있다는 암시로 보고 싶다. 선택받은 소수만의 종교가 아니라 원하는 자는 누구든 따를 수 있는 종교, 동물과 식물까지도 모두 껴안는 넉넉한 품을 가진 종교. 다만 방주에 오르는 것은 오로지 자기의 몫이라는 점이 중요할 것 같다. 나는 기독교 성경의 방주 이야기를 이렇게 이해하고 싶다.

생각에 잠겨 걷다가 교회당 맨 앞쪽에 이르니 약간 낮은 지형인지

발 옆에 있던 수면이 허리 정도까지 올라와 있다. 수면에 가까워진 시선으로 교회당의 정면을 보니 마치 물에 떠 있는 커다란 방주의 뱃머리를 보고 있는 것 같다. 바람이라도 불어 잔물결이 일면 영락없이 바다를 가르고 있는 웅장한 배의 형상이 느껴진다. 감탄을 부른다. 어느새 성경 속 노아의 방주 이야기를 다시 읽고 싶어진다. 멀리서 볼 때는 꼭 방주를 닮았다는 생각은 안 들었는데 이 자리에 와서 올려다 보니 정말 방주의 모습 그대로다. 건축가의 숨은 안배를 하나 본 것 같아 기분이 들뜬다.

그러길 잠시. 개방시간이 되어 열린 문으로 교회당에 들어섰다. 한 쪽엔 성전이, 다른 쪽엔 회의실과 사무실이 있다. 성전으로 들어서니, 우와!! 절로 감탄이 나온다. 이타미 준이라는 건축가의 명성이 결코 허명이 아님을 실감한다. 수직의 나무 뼈대들이 높다란 천장까지 올라 있어 압도적이면서 안정감을 주고, 주변의 인공연못을 통해 들어온 차분하고 섬세한 빛의 흐름과 그 흐름 속에서 느낄 수 있는 고요함, 그리고 방주 내부를 연상케 하는 설계가 종교적 상징물과 조화롭게 융화되어 있다. 종교가 있건 없건, 또 기독교인이건 타 종교인이건 이 성전 안에서는 누구라도 고요히 앉아 생각을 가다듬고 마음으로 기도하게 될 것 같다. 이곳에 들어와 보니 공간이라는 것은 직접 그 안에 있어 보아야 함을 알겠다. 이곳을 표현하는 어떠한 말도 시시하게 느껴질 만큼 이 공간이 주는 느낌은 훌륭하다.

한참을 홀로 앉아 생각을 가라앉히고 있으니 마음이 따뜻해진다.

그러길 얼마 후, 밖으로 사람들의 발걸음이 보이는 것이 관광객들이 오기 시작한 모양이다. 이내 마음을 추스르고 성전을 나오며 입구에 서서 다시 한 번 성전을 바라보았다. 공간을 가득 채운 고요한 빛. 그 빛을 눈과 마음에 한가득 담고 성전을 나왔다.

방주교회는 혼자 가도 좋고 여럿이 가도 좋다. 다만 마음을 가라앉히고 느릿느릿 걸으면서 여러 가지 느낌들을 마음으로 받아들일 수만 있으면 된다. 이러는 가운데 말은 줄어들고 마음의 울림이 커져가는 것을 느끼게 된다. 또 한 가지! 방주교회에 가게 된다면 아래쪽만 보지 말고 위쪽도 구석구석 둘러보아야 한다. 시선을 위로 향하면 어디에선가 그때껏 보지 못한 새로운 빛, 건축가가 살짝 감추어둔 황홀한 빛을 볼 수 있다.

이타미 준

나는 성인이 된 후 꽤나 오랫동안 몇 군데를 옮겨 다니며 자취생활을 했는데, 어느 날 가까이 지내는 오랜 친구가 내게 이런 말을 했다.

"네가 사는 집은, 혹여 어느 집으로 이사를 가더라도 항상 네가 사는 집이라는 일정한 느낌이 있어."

대수롭지 않게 해준 친구의 이 말에 나는 은근히 기분이 좋았다. 따로 인테리어를 배우거나 하지는 않았지만 방의 분위기를 신경 쓰는 편인데 오랜 친구가 알아봐 주니 내심 흐뭇했던 것이다. 나 같은 사람도 일관된 느낌이 있는데 건축가의 경우에는 말할 것도 없을 것이다. 건물 설계는 달라도 건축이 만드는 공간의 느낌은 언제나 그의 분위기랄까, 그런 것이 느껴질 것 같다.

방주교회를 설계한 이타미 준은 재일교포 2세대로서 한국 이름은 유동룡(庾東龍, 1937~2011)이다. 2차 세계대전 말기에 부모님이 일본으로 건너간 덕분에 도쿄에서 태어나 자랐다고 한다. 대학을 졸업할 때까지 유동룡 본명을 사용했고, 무사시(武將) 공업대학 건축학과를 나와서 건축을 시작했는데, 그는 자신의 대학 시절이 고서점 거리와 음악다방, 모던 재즈 그리고 문학에 흠뻑 빠져 지낸 시절이라고 회상했다. 이러한 취향은 분명 그의 건축 철학의 기저를 이루었을 것이다.

그가 설계한 건축을 많이 본 것은 아니지만 방주교회를 비롯하여 다른 몇 군데의 건축들을 보면 그들 사이에는 분명 일관된 어떤 것이 있음을 느낄 수 있다. 이 느낌을 건축가 자신도 아닌 관찰자 입장에서 글로 표현한다는 것이 조심스럽지만, 대략 그는 물과 돌이라는 평범한 소재를 자주 사용했고, 그러한 소재를 이용해 만들어 내는 공간에는 언제나 관조적이고 따스한 느낌이 깃들도록 했다. 공기는 세상 어디에나 있지만 평소에는 인식하지 못하듯이 '공간'이라는 것도 평소엔 잘 인식하지 못하고 마는데, 그가 설계한 곳은 어디든지 이 '공간'이라는 것을 확연하게 느낄 수 있다. 단순히 텅 빈 곳이 아니라 의도된 영역으로서의 '공간'. 그런 세심함 덕분에 그가 설계한 공간 안에서는 빛과 공기가 자유롭게 드나드는 듯하고 사람이라는 존재의 숭고함 같은 것을 느낀다. 사람을 둘러싸고 있는 공간과 그 공간을 만들어내는 벽들이 사람을 감싸고 보호하기 위한 것처럼 느껴진다. 건축의 원형을 보는 듯 하달까.

젊은 시절 그리스를 여행한 그는 그때를 회상하며 이런 글을 남겼다.

마침 비가 그친 뒤였다. 파르테논 내부에 발을 들여놓았을 때의 느낌을 지금도 선명하게 기억하고 있다. 페이디아스의 감독 아래 기원전 5세기 후반에 건축되어 복잡한 운명을 거치면서 지금은 처참하게 상처 입은 폐허가 되었지만, 그 존재감은 시공을 넘어 나를 압도하며 온몸을 전율하게 했다.

그야말로 폐허가 된 건축이 거기에 존재했다. 사랑, 아름다움, 자연의 예지 또는 작위를 함축한 '원천' 그 자체라고 해도 무방할 것 같았다.

파르테논 복도의 기둥을 올려다보니 꼭대기에서 기단의 중앙을 향해 유려하게 팽창한 곡선이 아름다웠다. 그러나 내가 더더욱 감탄한 것은 비 갠 후 물기를 머금은 돌바닥에 비친 기둥들이 만들어낸 빛과 그림자의 아름다움이었다. 말로는 뭐라 표현할 수 없는 이 아름다움은 인간의 작위보다 자연이 오히려 한층 더 놀라운 결과를 낳는다는 것을 보여주었고, 그 뒤 어떤 형태로든 내게 영감을 주었다. 거기서 나는 통제하기 어려운 감동을 느꼈다. 말로 표현해봐야 시답잖을 것 같다. 지금도 그때 그 순간을 잊을 수 없다.

아크로폴리스는 그리스어로 '높은 언덕 위의 도시'를 뜻한다. 배경에는 사라미스 바다가 빛나고 있다. 하나의 건축물 덕분에 이 도시, 이 아크로폴리스 언덕은 적어도 범상치 않은 땅이 되었다. 파르테논은 그 구조, 빛과 그림자, 돌이라는 재질 그리고 시공을 넘어선 인간의 공존의 염원을 담은 상징물로 존재하고 있다.

이 건축과 공간은 인간을 뛰어넘어 극한으로 향하는 과정의 표징이며,

예사로운 공간이 아니다. 현대의 조형 작가가 얽매일 수밖에 없는 새로움이나 개성 같은 사소한 것들을 보란 듯이 떨친, 인간애와 자민족의 영원성을 상징하는 건축이라고 말해도 결코 틀리지 않으리라 생각한다.*

파르테논에서의 그 강한 인상이 아마도 그의 건축에 평생 영향을 미쳤던 것일까. 훗날 어느 인터뷰에서 그는 건축에 대한 자신의 목표가 아테네 파르테논 신전이나 로마의 판테온과 같이 '폐허가 되더라도 가치를 가질 수 있는 건축'을 지향하는 것이라고 했다. 시를 짓고 그림을 그리며 조선의 고미술을 아꼈던 사람. 그래서 그는 단순히 기술적 건축이 아니라 예술로서의 건축, 자연 속에 안겨 사람을 감싸주는 공간을 만들 수 있었던 것인지도 모르겠다.

2011년, 이타미 준은 향년 74세의 나이로 세상을 떠났고, 그의 유골은 한국으로 돌아와 절반은 아버지의 고향인 경남 거창에, 나머지는 마음의 고향인 제주도에 뿌려졌다고 한다.

* 한국에 있는 이타미 준 설계 건축물
온양민속박물관 민화관(아산시), 각인의 탑(서울시), 인사동 학고재(서울시), 파주 서원힐스CC 클럽하우스(파주시)
방주교회, 포도호텔, 핀크스 비오토피아 타운하우스, 水·風·石·두손미술관 등(이상 제주도)

---

* 이타미 준, 김난주 옮김, 『돌과 바람의 소리』, 서울:학고재, 2004. 35~36쪽.

17 박여숙 화랑: 제주

& 물(水) · 바람(風) · 돌(石) · 두손 미술관

방주교회 일대에는 이타미 준이 설계한 건축들이 모여 있다. 교회 바로 옆에는 핀크스 비오토피아 주택단지가 있는데 단지 안에 이타미 준이 설계한 특이한 미술관 네 개가 있다. 물(水) 미술관, 바람(風) 미술관, 돌(石) 미술관, 두손 미술관. 또한 핀크스 비오토피아 단지의 한 곳은 '박여숙 화랑: 제주'이다. 핀크스 비오토피아 단지 내에 있는 이타미 준의 미술관들은 이미 가본 곳이지만 박여숙 화랑은 처음 가보는 곳이다. 전시가 있을 때만 오픈을 하는데 그것도 주말로 한정된다.

방주교회를 나온 나는 바로 옆에 있는 핀크스 비오토피아 단지로 향했다.

단지 앞에 이르자 경비 초소 같은 곳이 있다. 이곳은 사적인 주거지이기 때문에 단지 안으로 들어가려면 용건을 말하고 들어가야 한다. 이전까지는 단지 내에 있는 레스토랑에도 들를 겸 들어가곤 했었는데, 이번엔 레스토랑은 계획에 없고 박여숙 화랑만을 생각하고 있었기 때문에 그렇게 말했다. 그러나 나는 단지 안으로 들어갈 수 없었다. 단순히 미술관 방문을 위한 것이라면 출입할 수 없고, 박여숙 화랑에 가는 길이라 하더라도 미리 약속하지 않았기 때문에 들여보내기가 어렵다는 것이었다. 레스토랑에 가며 드나들었던 게 한두 번이 아닌데 제지를 당하니 조금 당황스러웠다. 미술관을 여행하고 있는 내 사정을 이야기해도 경비요원들은 규정상 어쩔 수 없다고 했다.

흐음, 마음을 가라앉히고 생각해 보니 어쩔 수 없는 일이다. 규칙은 규칙이니 나 하나 때문에 그것을 어겨달라고 할 수 없는 노릇이다. 잘못을 따진다면, 박여숙 화랑에 미리 연락하지 않은 것과 레스토랑에서 식사할 생각을 하지 않은 내게 있다고 할 수 있겠다. 몇 번 사정했으나 안 된다고 하니 아쉽지만 어쩔 수 없겠다 싶다. 다른 날 오기로 마음을 먹고 돌아서려는데 갑자기 경비 초소 안에서 다른 분이 나오시더니 미술관만 둘러보는 거라면 들어가도 좋다고 하신다. 어리둥절한 마음에 열린 게이트를 통과해서 단지 가운데에 있는 레스토랑 앞 주차장까지 갔다.

차에서 내리려다가 잠시 생각해 보니, 어물쩍하게 있다가 들어오긴 했지만 이미 다음을 기약했던 참이어서 그런지 미술관들을 돌아보고픈 생각이 안 든다. 어렵게 들어왔으니 그래도 보고 가는 것이 나을지 아니면 정말 다음에 방문 예약을 하고 다시 와야 할지를 생각했다. 하지만 역시 다음을 기약하는 게 나을 듯 싶었다. 지금 들어간다면 순수하고 가벼운 마음으로 작품을 대하지 못할 것 같았다. 결국 차에서 내리지 않은 채 단지 밖으로 나왔고 다음 목적지로 향했다.

사실 이 단지 내에 있는 이타미 준의 미술관들은 독특하고 아름답다. 박여숙 화랑은 가보지 못했으니 모르겠지만, 이타미 준이 설계한 네 개의 미술관은 저마다 미술관 자체가 하나의 작품으로 서 있다. 물은 물대로, 바람은 바람대로, 돌은 돌대로, 또 두손은 두손대로 각각의 의미를 상징적으로 표현하고 있어서, 개인적으로는 제주도에서 손에 꼽는 작품들이다. 또 '박여숙 화랑: 제주'는 서울에 있는 박여숙 화랑으로 미루어 짐작해 볼 때 분명 예사롭지 않은 전시를 보여줄 것 같다. 그래서 사실 기대감이 컸던 것도 사실이다. 그러나 미술관에 접근하는 것 자체가 어려우니 이 점이 조금 안타깝다. 누군가 머리 좋고 마음 씀씀이 넓은 사람의 혜안으로 이러한 문제가 조금 수월해져 더 많은 사람들이 이타미 준의 미술관과 박여숙 화랑의 전시에 다녀갈 수 있길 바란다.

17 박여숙 화랑: 제주 & 물(水)·바람(風)·돌(石)·두손 미술관

18 용수성지: 성 김대건신부 제주표착 기념관

산방산을 보고 남쪽으로 달려 어느 넓은 해수욕장에 닿았다. 화순
금모래해변. 한적한 바닷가에 닿았으면 하고 무작정 남쪽으로 왔는데
넓은 해변엔 아무도 없었다. 바다를 보는 것만으로도 기쁜 마음이 일
어 차를 세워두고 이쪽 끝과 저쪽 끝 사이를 천천히 걸었다. 모래가
단단해서 발자국이 깊지 않다. 천천히 걸으며 수평선도 보고 파도 소
리도 들으니 마음이 평온하다. 바다는 그런 곳인가 싶다. 곁에서 보고
있으면 마음이 가라앉는다. 쪼잔한 마음이나 나약한 마음 가라앉고
어느새 대범하면서 차분한 마음이 들어 용기가 생긴다.

산방산 일대에서 꽤 오랜 시간을 머물다가 차를 타고 서쪽으로 해안도로를 달렸다. 사실 이쪽 해안 도로에는 모슬포 근처에 바당갤러리와 제주 국제예술센터만 있을 뿐 미술관이 드물다. 별다른 주의를 두지 않고 느긋한 마음으로 차를 모는데 왼쪽으로 차귀도가 보일 무렵, 특이하게 솟은 탑 같은 것이 가까이에 보였다. 달리던 도로에서 멀지 않아 그 앞에 가 보니 대문은 없고 동상 하나가 서 있다. 성 김대건 신부님상. 그 뒤로 넓은 정원에 특이한 모양의 건물 두 채가 서 있다.

하나는 우리나라 최초의 사제, 성 김대건(안드레아)신부 제주표착 기념성당이고 그 옆은 성 김대건신부 제주표착기념관이다. 먼저 기념성당을 향했다. 성당 정면은 김 신부님이 중국 상해에서 사제 서품을 받은 김가항 성당 정면의 모습을 본떠 만들었고, 지붕은 신부님이 이곳에 올 때 타고 온 배 라파엘호와 파도를 형상화해서 만들어졌다고 한다. 특히 멀리서도 보였던 뾰족한 탑 같은 것은 등대 모양을 한 종탑인데 어둠을 비추는 교회와 김대건 신부님을 상징한다고 한다. 설명을 읽고 안으로 들어서니 이 성당, 마음 저 깊은 곳을 살짝 건드린다. 이 글을 쓰는 지금도 나는 등과 어깨 언저리가 찌릿찌릿하다. 마라도에서 느낀 감동과는 다른, 뭉클함이 있다. 아마도 마라도는 장소와 분위기가 주는 감동임에 비해 이곳은 장소가 주는 느낌도 있지만, 김대건이라는 한 사람이 간직한 신앙에서 오는 감동이 아닐까 싶다.

제대 앞에 놓인 김대건 신부님의 초상화, 은은한 빛을 비추는 스테

18 용수성지: 성 김대건신부 제주표착 기념관

인드글라스, 벽면 위에 걸린 14처 조각들. 그렇게 내부를 둘러보노라면 온몸에 전기가 흐르는 것처럼 그냥 자리에 멈춰있게 된다. 나로서는 감동이라는 말 밖에는 이 느낌을 표현하지 못하겠다. 게다가 제대 벽면의 십자가도, 조명마저도 마음에 든다. 성당에 있는 내내 밀려오는 숙연한 감동, 그리고 또 감동, 또 감동. 아, 신부님!

묵직한 숙연함을 조용히 추스르고 나와서 정원 한 쪽에 복원되어 있는 라파엘호 모형에 다가갔다. 이 작은 배를 타고 황해를 건너온 것이란 말인가? 그 거친 풍랑 앞에서 얼마나 두려웠을까? 또 그 두려움 속에서 그가 본 것은 무엇일까? 거친 환경과 동요 속에서 거의 기적처럼 이곳에 닿았을 것이다. 배 옆엔 '원죄 없이 잉태되신 성모마리아 상'이 있는데, 이 상을 만든 돌이 전북 익산 함열에서 가져온 애석(쑥빛 무늬의 돌)이라고 한다. 이런 인연이! 사실 김대건 신부님이 중국에서 사제 서품을 받고 최초로 도착한 곳은 이곳 제주이고, 제주에서 출발하여 육지에 처음 내리신 곳이 바로 그 유명한 전라북도 익산 근처의 나바위이다. 그리고 보면 함열에서 이 돌을 가져올 만도 하다.(함열은 나바위와 가깝다)

이어 기념관에 들어갔다. 1층과 2층으로 꾸며진 이곳에는 유해소와 고문시설, 김 신부님의 생애 등을 볼 수 있는데, 정말 저절로 고개를 숙이지 않을 수 없다. 그리고 옥상에 오르면 탁 트인 바다 위로 차귀도와 와도가 떠 있다. 그 건너로 멀리멀리 가면 아마 김대건 신부님이 출발하신 상해에 닿을 것이다. 아스라이 보이는 수평선 너머를 한참 바라보았다.

기념관을 나와 차로 돌아오는 동안 나도 모르게 발걸음이 무겁고 느릿하다. 우연히 들른 이곳도 참 잊기 어려운 감동을 준다. 때론 한 사람의 삶이 대단한 미술작품보다 더 큰 감동을 주는 경우가 있음을 이곳에 와서 깨닫는다. 그렇다. 삶이 곧 감동이다. 하루 종일 구름 잔뜩이던 하늘이 어느새 열리고 서서히 해가 기운다. 자주 보았지만 또 새롭고 감동적인 풍경. 오늘도 감사한 날이다.

18 용수성지: 성 김대건신부 제주표착 기념관

19 섭지코지의 글라스하우스

　새소리에 잠이 깼다. 어디에서나 새가 울면 아침이다. 닭뿐만 아니라 새들도 날이 새기 직전에는 맑은소리로 지저귄다. 깊은 밤을 지나며 조용하던 세상에 갑자기 울리는 맑은소리는 멀리서도 들릴 만큼 청아하다. 잠시 후 해가 떠올랐다. 여름이 물러가긴 하는지 햇볕은 여전히 쨍 한데 하늘에서 가을빛이 났다. 높고 파란 하늘, 제주가 보여주는 하늘.

　짐을 챙겨 섭지코지로 향했다. 제주도에서 툭 튀어나온 섭지코지,

그 끄트머리에는 안도 타다오가 설계한 두 건축물이 있다. 글라스하우스와 지니어스 로사이. 글라스하우스는 위로 우뚝한 공간이라서 눈에 띄지만 지니어스 로사이는 지하에 건축되어 낮게 엎드려 있다. 휘닉스 아일랜드에 차를 주차하고 뜨거운 해를 쬐며 천천히 걸었다.

모든 건축은 사실 자연과의 조화를 추구한다고 할 수 있다. 그럴 수밖에 없는 것이, 자연에 순응하지 않고서는 건축물 자체가 서 있을 수 없기 때문이다. 이집트의 피라미드가 수천 년의 세월을 건너 지금까지 남아 있을 수 있는 이유도 바로 그곳의 자연환경에 순응한 건축물이기 때문이다. 그러나 한편으로 생각하면 이 순응이라는 것은 바로 도전의 다른 이름일 수 있다. 피라미드는 사막이라는 환경에 순응한 건축물이지만, 있는 것이라고는 모래뿐이고 모든 것이 모래바람에 의해 깎여 나가는 그곳에서 인공적인 건축물이 견뎌낸 수천 년의 시간은 그 자체로 자연에 대한 도전의 역사다. 그러니 적어도 건축에서 순응이라는 것은 도전의 결과이며, 도전은 자연에의 순응을 향한다고 할 수 있겠다.

섭지코지에서 글라스하우스와 지니어스 로사이를 보면 두 가지 생각이 든다. '참 특이하다'와 '왜 이렇게 지었을까'이다. 말의 뉘앙스가 잘 전달되는지 모르겠지만 호의적인 느낌만은 아니다. 한국인의 정서에서 건축물은 자연에 동화되는 것이 훌륭한 건축이다. 그러나 이 두 건물은 화산섬 제주가 보여주는 부드러운 곡선의 미를 무시하기라도 하듯 직선과 직각, 날카로움, 뾰족함만을 보여주고 있다. 게다가 글라스하우스는 들어서 있는 위치마저 맨 앞에 선 독불장군처럼 바다를 향해 서 있어서 도무지 조화라고는 찾을 수 없다. 산속에 푹 안긴 채 있는 듯 없는 듯한 오래된 산사(山寺)의 자연미와는 분명 거리가 멀다. 과연 안도 타다오는 이곳에 건축물을 세우면서 무엇을 고려하고 무엇을 보여주려 한 것인지 헤아려보게 된다.

이 건축물에 대해 어떤 인상을 받았든 간에 여기에 서 있는 이 건축물을 이해하려면 먼저 섭지코지라는 장소에 대해 생각해 보아야 할 것 같다. 섭지코지는 제주 땅덩어리에서 바다를 향해 뻗어 나간 오름(화산)이다. 실제로 섭지코지 앞 선녀 바위가 화산체의 중심부에 해당하는데 파도에 의해 주변이 깎여 나가고 가장 단단한 부분인 암경(岩頸, Volcanic Neck)만이 남은 것이라고 한다. 또 섭지코지의 '섭지'에 대해서는 여러 해석이 분분하지만, 개인적으로는 '재주 있는 사람(才士)이 많이 배출되는 지세'라는 뜻이 마음에 든다. '코지'는 바다 쪽으로 돌출된 땅인 곶(串)의 방언. 그러니 내가 이해하는 한 섭지코지는 '재주 있는 사람을 많이 배출시키는 끄트머리 땅'이라는 뜻이 된다.

안도 타다오는 이 섭지코지라는 땅에서 아마도 대립과 대비의 건축을 구상했는지도 모르겠다. 알다시피 글라스하우스는 동쪽을 향해 웅장하게 팔을 벌린 형태이다. 태양이 떠오르는 순간의 기운을 모두 받으려는 자세 같기도 하고 날개를 펴고 위로 날아오르는 모양 같기도 한데, 환하게 열린 개방성을 보여준다. 반면 지니어스 로사이는 땅속으로 향한다. 넓은 개활지를 지나 물이 흘러내리는 좁고 낮은 땅으로

빙빙 돌아 들어간다. 어둠과 폐쇄성이 강하다.

글라스하우스와 지니어스 로사이가 보여주는 이러한 대비는 위와 아래라는 방향성을 띠어서 서로 만날 수 없는 것처럼 느껴진다. 그러나 여기에서 재미있는 의미를 찾을 수 있을 것 같다. 각각 위와 아래를 향하는 두 건물은 지표면을 가운데에 두고 있다. 그리고 그 지표면에 사람이 있다. 사람은 설계된 길을 따라 위로도, 아래로도 갈 수 있다. 이점이 중요할 것 같다. 접점이 없을 것 같은 대립적인 두 방향성이 가운데 사람을 중심으로 뻗어 나간다. 사람이 중심이 되어 하늘로도 땅속으로도 갈 수 있으니, 이곳이야말로 하늘과 땅의 중간이 되는 셈이다. 과연 재주 있는 사람을 길러내기에 좋은 땅일 것 같다. 실제로 안도 타다오는 예전에 일본 나오시마 섬에 베네세 하우스와 지중미술관을 건립하며 이미 위와 아래의 대비, 동(動)과 정(靜)의 대비를 보여준 적이 있다. 그러니 이곳 글라스하우스와 지니어스 로사이가 보여주는 대비적 구성도 이해가 간다. 더구나 섭지코지라는 땅의 의미를 생각하면 한결 그럴 듯하기도 하다.

생각이 여기에 미치면 글라스하우스와 지니어스 로사이를 다시 바라보게 된다. 느낌도 이미 달라져 있어 이전에는 생각지 못했던 설계자의 안배를 헤아려보기도 하고, 보이지 않던 것들도 하나둘 눈에 들어온다. 특히 글라스하우스가 다소 돌출된 모습으로 서 있을 수밖에 없는 것도 이제야 이해할 수 있겠다. 두 건축물에 대한 호불호의 비평은 여전하겠지만 나는 이제 그런 것과는 상관없이 팔 벌린 글라스하우스 앞에 서서 나도 태양의 정기를 받고 하늘 위로 시원하게 날고 싶어진다. 안도 타다오, 다소 과격할지는 몰라도 크게 볼 줄 아는 사람 같다.

20 지니어스 로사이

& 미디어 아트 작가 문경원의 전시

지니어스 로사이, 낯선 이름이다. 원어로는 Genius loci라고 표기하는데 라틴어라고 한다. 라틴어 사전을 보면 Genius의 대표적인 뜻은 'Guardian spirit' 또는 'Talent' 정도의 뜻을 갖는다. 우리말로는 '수호 영혼' 또는 '타고난 재능' 정도로 번역할 수 있겠다. '천재'를 뜻하는 영어 genius가 여기에서 유래되었다고 한다. 한편 Loci는 'Place'나 'Territory'의 뜻으로, '장소'나 '영역'을 의미한다. 그러니 Genius loci를 대표적인 뜻으로 번역하면 '그 장소의 수호 영혼' 또는 '재주 있는 땅' 정도의 의미가 되겠다. 앞서 말했던 섭지코지의 뜻과 유사해서 약간은 흥미롭다. 재미있는 것은, 고대 로마 문화에 지니어스 로사이 개념이 있었던 것처럼 세계 곳곳에서 땅을 관장하는 신에 대한 사유가 널리 발견된다는 점이다. 우리나라의 서낭신이나 몽골 지역의 오보(Oboo)도 이와 유사한 샤머니즘의 일종이며, 유교 문화의 사직(社稷)도 땅과 곡식의 풍요를 관장하는 신과 관련된 전통이다. 게다가 지니어스 로사이 옆에는 마을의 안녕과 풍요를 기원하며 제사 지내던 포제단(酺祭壇)이 있다. 원래 다른 곳에 있던 것을 20세기 중반에 지금의 자리로 옮겨온 것인데 아직도 음력 1월 1일에 제사를 지낸다고 한다. 이런저런 정보를 알아갈수록 지니어스 로사이라는 이름이 섭지코지에 참 잘 어울린다는 생각이다.

지니어스 로사이는 근현대 건축의 한 경향이자 안도 타다오의 트레이드마크와도 같은 노출 콘크리트 벽면으로 되어 있다. 역시 곡선을 수용하지 않은 설계, 직각과 직선의 연속이다. 개인적으로는 제주다운 곡선을 조금만 수용했으면 하는 아쉬움이 일지만 어쩔 수 없다. 안으로 들어가면 제주를 상징하는 정원이 있고, 정원 끝에서 돌벽 가운데에 나 있는 문을 마주한다. 문 뒤로는 양쪽에서 떨어져 내리는 물 사이로 좁은 통로를 지난다. 시원한 물소리를 들으며 걷기 시작해서 통로를 따라 완만하게 내려가면 이내 햇빛이 서서히 줄어들고, 건물 입구에 이르면 희미한 불빛 몇 개에 의지해서 들어가야 한다. 제주는 햇볕이 넘치는 곳인데 그 많은 빛이 서서히 줄어들어 이제는 작은 불빛만 남고 나니, 산만했던 마음이 자연스레 모아진다. 이미 땅 밑, 내

부도 역시 어둠의 공간이다. 밝은 곳에서는 어둠을 생각하지 못하지만 어두운 땅속에서 만나는 빛의 흐름은 뚜렷하다.

눈이 어둠에 익숙해질 무렵 전시실이 나온다. 미디어아트 작가 문경원의 작품이 세 개의 전시실에 설치되어 있다. 작품 제목은 각각 〈Diary, 2007〉, 〈어제의 하늘〉, 〈섭지의 오늘〉. 시간이라는 주제로 연결된 작품들이다. gallery 1에서는 정면의 벽 전체에 나무 한 그루의 사계절이 반복되는 단순한 영상이 흐른다. 잎눈에서 싹이 나오고 점차 푸르게 무성해지다가 단풍 든 잎사귀가 이내 떨어지고 빈가지의 겨울을 지난다. 그리고는 다시 봄이 되어 이파리가 돋아난다. 조용한 전시실에 앉아 영상을 보고 있으면 마음이 점점 가라앉는다. 안도 타다오의 공간답다. 공간과 영상이 주는 효과를 그대로 받아들이다 보면 어느새 명상하듯 잡념이 멈춘다. gallery 2에서는 바닥을 스크린 삼아 영상이 흐른다. 이번엔 하늘. 어제 녹화된 섭지코지의 하늘이다. 오늘이라는 시점에서 어제를 마주하는 것인데, 바닥을 통해 하늘을 바라보는 관점의 변화가 신선하다. gallery 3. 이곳은 벽면의 중간에 영상이 맺히는데 바로 그 시각 섭지코지에서 바라보는 일출봉의 모습을 보여준다. 마치 이곳에 들어오면서 돌벽에 가로 난 창문을 통해 보았던 일출봉의 모습 같다. 시간을 주제로 한 문경원 작가의 미디어아트를 보면서 나는 시(詩) 한 구절을 떠올렸다.

한 알의 모래에서 세계를 보고, 한 송이 들꽃에서 천국을 본다. 그대 손 안에 무한을 잡고, 순간에서 영원을 붙잡는다.

To see a World in a grain of sand, And a Heaven in a wild flower.
Hold Infinity in the palm of your hand, And Eternity in an hour.

윌리엄 블레이크(William Blake, 1757~1827)가 남긴 시 〈순수의 전조(Auguries of innocence)〉의 첫 구절이다. 간혹 시간에 대해 생각하다 보면 이 구절이 떠오른다. 순간과 영원, 철학의 오래된 주제이자 과학의 난제이다. 따지고 보면 내가 살아갈 수 있는 것은 오직 '오늘', 지금밖에 없다. 나는 매 순간 '지금'만을 살 수 있을 뿐이지 과거를 살아갈 수도, 미래를 살아갈 수도 없다. 우리 모두가 그렇다. '어제'는 어제 맞이했던 '오늘', '내일'은 내일 맞이할 '오늘'일 뿐. 그럼에도 나는 종종 다가오지 않은 내일을 그려보며 공허한 생각만 하다가 그 당시의 순간에 충실하지 못하곤 한다.

사실 과거·현재·미래라는 시간 구분은 단지 개념상에서의 상대적인 구분일 것 같다. 현재를 상정하니, 과거와 미래라는 개념이 생겨나는 것인데, 만약 그러한 구분을 잠시 놓아둘 수 있다면 내가 체험하는 지금 순간에만 충실할 수 있을 것 같다. 그런 때는 어제의 후회나 내일의 두려움이 생각에서 사라지고, 개념적으로 구분된 시간이 아닌 한 덩어리로서의 시간을 살아가게 될 것 같다. 모르긴 해도, 나는 혹시 이러한 순간이 바로 영원이 아닐까 생각해 본다. 순간과 영원도 단지 개념상에서의 상대적 구분일 테니 오늘, 지금을 충실하게 살아가는 사람은 윌리엄 블레이크의 말처럼, 모래알 하나에서 세계를 보고 꽃 한 송이에서 천국을 볼 수 있을 것 같다.

문경원 작가의 작품에서는 시간에 대한 이러한 관념을 엿볼 수 있다. 첫 번째 작품에서는 나무의 사계를 보여주며 자연의 순환과 단절 없이 흘러가는 시간을 보여준다. 영상 속의 나무는 과거·현재·미래의 단절이 없는 덩어리로서의 시간을 보여준다. 두 번째 작품에서는 오늘의 순간에 어제를 투영시킨다. 그러나, 우리가 바라보는 것은 어제의 하늘이지만 어제의 모습을 그려볼 수 있는 것도 지금, 현재의 일이다. 과거의 삶을 살아가는 것이 아니라 지나온 과거를 발판 삼아 오늘만을 살아가는 것이다. 그리고 세 번째 작품에서는 바야흐로 섭지코지에 와 있는 지금을 보여준다. 현재의 모습인 것이다. 이렇게 세 작품은 유기적으로 연결되어 한 덩어리로서의 시간 위에서 현재를 보여준다. 작가에게 이러한 의도가 있었는지는 모르겠지만 작품을 보다 보니 자연스럽게 이런 생각이 들면서 지금이라는 순간을 의식하게 된다.

　작품을 돌아보고 통로를 따라 걸으면 처음에 들어오던 통로 중간으로 나오게 된다. 빛으로의 해방이랄까. 지니어스 로사이는 적어도 빛을 이용한다는 면에서는 참 잘 만든 건축물이다. 땅속의 건축이야 그다지 신기할 것도 없지만 땅속이 주는 느낌과 어둠 속에서의 빛의 흐름을 이용해서 명상적이고 관조적인 분위기를 인도하고, 그 안에 설치된 작품들을 통해서는 시간에 대해, 현재에 대해 생각하게 해주어서 여운이 있는 곳이다.

안도 타다오

안도 타다오(安藤忠雄, 1941~현재). 그가 독학으로 건축을 공부했다는 것은 꽤나 유명한 일화다. 특히 그의 화려한 수상 경력과 대비되어 극적인 이미지를 부여하는데, 실제로 그가 자신의 건축가 인생을 돌아보며 쓴 책을 읽어 보면 상당히 드라마틱한 삶을 살아온 것이 사실이다.

그는 일란성 쌍둥이 첫째로 태어나서 외가댁 안도 가문의 대를 잇기 위해 외가로 보내졌고, 그곳에서 외할아버지 외할머니와 함께 자라다가 외할아버지가 돌아가신 이후로는 줄곧 외할머니와 함께 자랐는데, 생활력과 독립심이 강한 외할머니와 자라면서 자연히 자립심을 기르는 한편 공부와는 담을 쌓은 채 바깥에서 뛰어놀면서 자랐다. 특히 이 시절 10여 년 동안 집 앞 목공소를 거의 매일 드나들며 나무뿐만 아니라 유리나 쇠 다루는 것에 재미를 느꼈다는데 이때의 느낌을 훗날까지 소중하게 여기게 된다.

고등학교 시절에는 프로복서 라이센스를 따서 실제 대전료를 받으며 경기에도 나서곤 했지만 이내 흥미를 잃고 고교생활을 마친다. 고등학교를 졸업한 열여덟 살의 그는 당장 진로를 찾기 시작하는데, 그때의 원칙은 오직 하나, 홀로 자신을 키워 온 외할머니에게 더는 신세질 수 없다는 것만을 생각했다고 한다. 그러던 중에 아는 사람의 주선으로 15평쯤 되는 바의 인테리어 설계를 떠맡게 되었고, 이때 건축이나 인테리어 책을 끼고서 도면을 그렸고 현장에서는 목수에게 물어가면서 설계 도면을 완성할 수 있었다. 설계대로 공사를 마치고 처음으로 설계비라는 것을 받았을 때, 그는 자신이 새로운 길로 첫발을 내디뎠음을 실감할 수 있었다고 한다.

그 후 본격적으로 건축 공부를 시작하는데, 대학에 가지 않은 것은 그의 똘끼 때문이 아니라 오랫동안 공부하지 않은 자신의 부진한 학습 능력을 알고 있었고, 또 넉넉하지 못한 경제적 형편 때문이었다. 그러니 그의 독학이라는 것은 애초부터 자유롭고 느긋할 수 없는 것이었다. 모르는 것을 물어볼 선생님도, 생각을 나눌 동료도 없으니 무엇을 익히고 어떻게 공부해야 하는가도 역시 시행착오를 거치며 스스로 알아가야 했고, 필요하다 싶은 것은 무엇이든 도전해 보았다. 그때 그는 건축학과 교과서를 잔뜩 사다 놓고 1년 안에 독파할 계획을 세웠고 아르바이트를 하면서 자고 먹는 시간을 줄여가며 책을 읽어 비록 완전히 이해하지는 못했어도 목표를 달성했다고 한다.

이삼 년을 그리 지내면서 르 코르뷔지에(Le Corbusier, 1887~1965)

나 다른 유명 건축가들의 작품을 동경하다가 문득 건축 세계의 지평을 직접 느껴보고자 처음으로 일본 일주여행을 하고 돌아왔다. 이후엔 건축 관련한 작은 일들을 하면서 자리를 잡아가다가 돌연 세계 일주를 결심하고 7개월간 세계의 여러 건축을 직접 마주하고 돌아왔다. 그것이 시작이 되어 20대 시절에는 돈만 모이면 여행을 떠나곤 했다고 한다. 그리고는 1969년, 오사카의 우메다에 작은 건축 사무소를 열고 본격적으로 건축을 시작했는데, 안도 타다오 자신의 말을 빌리면, 건축이라는 직업을 가지고 사회의 불합리에 저항해 나가는 자기 나름의 투쟁을 시작한 것이라고 한다.

이것이 안도 타다오가 건축을 시작하기까지의 여정이라 할 수 있다. 건축 사무소를 열었다고 순탄한 건축가의 삶을 살았을 리 없다. 우리보다 훨씬 보수적인 당시의 일본 사회에서 아무런 연줄 없이 시작한 일이 결코 순탄할 수는 없었을 것이다. 하루하루가 고난과 도전의 여정이었음을 짐작하고도 남는다. 어린 시절부터 기른 독립심과 자립심이 힘이 되었는지는 모르지만 화려한 성공을 보이는 지금에 비해 그의 젊은 시절은 도전과 실패, 그리고 재도전의 연속이었던 것 같다. 그리고 이러한 경험은 그의 건축 철학에도 고스란히 배어 있어서 누군가 그에게 주택 설계를 의뢰해 오면 그는 먼저 이렇게 대답한다고 한다.

"집을 짓고 산다는 것은 때로는 힘든 일일 수가 있습니다. 나에게 설계를 맡긴 이상 당신도 완강하게 살아 내겠다는 각오를 해주기 바랍니다."*

그 안에 거주하는 사람이 편안히 마음 풀어놓는 곳이 아니라 완강한 정신으로 살아 내야만 하는 집. 그렇다고 집을 일부러 불편하고 성의 없이 설계한다는 것이 아니다. 집이 들어설 주변 환경을 고려하고 집에 허락된 공간을 고심하며, 특히 집과 그 안에서 살아가는 사람의 관계를 고려하여 최적의 접점을 찾는 것이다. 단순히 거주자의 안락함만을 추구하지는 않겠다는 것, 건축주에 대한 안도의 요구는 바로 이런 뜻이다. 이렇게 설계된 집에 사는 사람들은 오랜 세월 동안 약간의 불편을 감수하고서도 잘 살아가고 있다고 그는 말한다. 이런 면에서 보면 안도 타다오의 건축 키워드는 '도전'이라고 해도 될 것 같다. 물론 이는 그가 살아온 삶 자체의 키워드이기도 할 것이다. 나는 그의 수많은 수상 경력과 작품들보다도 그의 책 마지막에서 읽은 이 말이 그를, 그리고 그의 건축을 이해하는 데에 도움이 될 것 같아 여기에 옮긴다.

독학으로 건축가가 되었다는 나의 이력을 듣고 화려한 성공 스토리를 기대하는 사람이 있는데, 전혀 그렇지 못하다. 폐쇄적이고 보수적인 일본 사회에서 아무런 뒷배도 없고 혼자 건축가로 일했으니 순풍에 돛 단 배처럼 살아왔을 리가 없다. 여하튼 매사 처음부터 뜻대로 되지 않았고, 뭔가를 시작해도 대개는 실패로 끝났다.

---

* 안도 다다오, 이규원 옮김, 『나, 건축가 안도 다다오』, 경기:안그라픽스, 2009. 95쪽.

그래도 얼마 남지 않은 가능성에 기대를 품고 애오라지 그늘 속을 걷고, 하나를 거머쥐면 이내 다음 목표를 향해 필사적으로 살아온 인생이었다. 늘 역경 속에 있었고, 그 역경을 어떻게 뛰어넘을 것인가를 궁리하면서 활로를 찾아내 왔다.

그러므로 가령 나의 이력에서 뭔가를 찾아낸다면, 아마 그것은 뛰어난 예술가적 자질 같은 것은 아닐 것이다. 뭔가 있다면 그것은 가혹한 현실에 직면해도 결코 포기하지 않고 강인하게 살아남으려고 분투하는 타고난 완강함일 것이다.

자기 삶에서 '빛'을 구하고자 한다면 먼저 눈앞에 있는 힘겨운 현실이라는 '그늘'을 제대로 직시하고 그것을 뛰어넘기 위해 용기 있게 전진할 일이다. ...중략...

무엇이 인생의 행복인지는 사람마다 다 다를 것이다. 참된 행복은 적어도 빛 속에 있는 것은 아니라고 나는 생각한다. 그 빛을 멀리 가늠하고 그것을 향해 열심히 달려가는 몰입의 시간 속에 충실한 삶이 있다고 본다.

빛과 그늘. 이것이 건축 세계에서 40년을 살아오면서 체험으로 배운 나 나름의 인생관이다.*

---

* 안도 다다오, 이규원 옮김, 『나, 건축가 안도 다다오』, 경기:안그라픽스, 2009. 417~419쪽.

21 김영갑갤러리 두모악

남쪽 어딘가에서 태풍이 올라오고 있다더니 밤새 비바람이 창문을
때렸고, 새벽녘이 되어서야 나는 잠이 들었다.

온종일 별다른 일 없이 자리만 지키고 있다가 하루가 저물면, 아무
것도 하지 않은 그 하루를 그렇게 보내기 아까워 밤을 붙들고 놓지
못한다. 눈이 감길 때까지 버티다가 쓰러지듯 잠이 들고, 느지막이 일
어나서 또다시 짧은 낮을 보내고 금방 맞이한 밤. 역시 아무것도 하
지 못한 하루를 그렇게 보낼 수 없어 늦은 밤을 붙잡고 잠들지 못한

다. 이렇게 지낸 날들이 있었다.

사람은 열심히 살아야 한다. 발레리나 김주원 님이 어느 텔레비전 프로그램에 나와서 했던 말이 기억난다. 아침에 일어나서 몸이 가볍고 컨디션이 좋으면 좀 이상한 기분이 들면서, 혹시 전날 연습을 게을리했나 하는 생각이 든다고 한다. 개운하게 일어나는 아침이 이상하게 느껴질 정도로, 그리고 컨디션 좋은 아침이 전날의 나태함 때문이 아닌가를 먼저 생각하는 저 마음. 자기의 삶과 일에 최선을 다하는 그 '열심'(熱心). 열심히 사는 사람은 안다. 자기가 열심히 살고 있는지 그렇지 않은지. 암만 속이려야 속일 수 없는 것. 열심히 사는 동안에는 한가하게 누워있어도 마음이 무기력하지 않다. 열심히 살지 않는 삶은 그저 '살아지는 것', 그것은 공교롭게도 '사라지는 것'과 똑같이 발음된다.

김영갑갤러리 두모악에 왔다. 누구보다도 제주를 사랑한 사람 김영갑과 그의 흔적을 만날 수 있는 곳. 그가 없었다 하더라도 제주는 그대로 제주였겠으나, 그가 머물러 있었음으로 인해 제주가 더 아름답게 비쳐질 수 있었던 것만은 사실이다. 단순히 아름다운 여행지 제주가 아니라 그리운 곳 제주를 깨닫게 해준 사람, 김영갑. 그가 손수 만든 이곳엔 그의 사진이 그런 것처럼 무언가 나직하고 잔잔한 울림이 서려 있다.

어떤 형태의 예술이든 그것은 감각을 매개로 한다. 그림이나 사진은 시각을, 음악은 청각을 주로 이용한다. 그런데 가끔 어느 그림이나 사진 앞에 서면 어떤 소리가 들리는 듯하고, 또 어떤 연주를 듣고 있으면 왠지 마음 속에 어떤 풍경이나 분위기가 떠오른다.

김영갑의 사진을 보고 있으면 나는 제주의 소리가 귀에 맴도는 것 같은 착각이 든다. 어떤 작품 앞에서는 금방이라도 쐐애 거친 바람이 지나갈 것만 같고, 또 어떤 작품에서는 안개가 내리깔린 고요한 숲의 바스락거림과 새소리가 들릴 것 같다. 더러는 눈 덮인 들판의 고요가 들리는 듯하고 때론 거친 파도 소리가 들리기도 한다. 감각은 이토록 종합적이다. 온 몸과 온 마음으로 느껴지는 것. 그래서 예술은, 창작은 물론 감상에서도 온 감각이 동원되어야 한다. 작가가 보는 것은 현실이지만 그것이 표현될 때는 작가의 모든 감각과 마음으로 여과되어 표현된다. 그래서 작품을 하나의 감각에만 의지하지 않고 온 몸으로, 온 마음으로 마주하는 사람에게 작품은 작가의 마음과 소통할 수 있는 창(窓)이 된다. 김영갑의 사진을 마주할 때 나는 제주의 바람이, 그 외로운 울림이 느껴지는 듯하다. 그가 오래도록 기다려 만나는 삽시간의 황홀을 엿보기도 하고 그의 간절함과 그리움을 느끼기도 한다. 그러한 사진들 앞에서는 어느새 숙연해져 아무런 말도 할 수 없게 된다.

문득 마음먹고 사진을 찍기 시작한 어느 날의 기억이 떠오른다. 사진을 잘 찍고 싶다는 마음으로 찍었던 첫 사진. 디지털카메라가 막 소개되기 시작했으나 아직은 필름카메라가 많았던 시절, 나는 평범한 필름카메라를 들고 있었다. 소쇄원의 어느 인공 물줄기 앞에서 마음에 드는 것들을 모두 담고 싶어서 한껏 욕심내어 찍은 사진들. 무척 잘 찍은 사진이 나올 것으로 자부하면서 인화를 맡겼다. 그러나 정작 인화된 사진을 받아 보고서는 적지 않게 실망했다. 사진은 이도 저도 아닌, 무엇을 찍었는지도 분명하지 않고 아무렇게나 셔터를 누른 것처럼 정말 '그냥' 사진이 나오고 말았던 것이다. 거기에서 깨달은 것 한 가지,

욕심을 버려야 한다는 것.

마음에 드는 무언가를 발견하고 카메라를 들이대서 프레임 안에 이것저것 모두 담는 것은 어리석은 짓이다. 그럴수록 감동은 물론 주제도, 임팩트도 없는 사진이 되고 만다. 사진은 프레임 안에 가장 원하는 것 한 가지만을 남겨두고 나머지는 모두 버려야 한다. 물론 이렇게 한다고 해서 바로 좋은 사진을 얻는 것은 아니지만 사진은 채우는 것이 아니라 먼저 비우는 것이라는 점을 알아야 한다. 욕심 가득한 마음으로 채우기만 한 사진에는 욕심냈던 것들이 담길 리도 없고 좋은 사진을 얻을 수도 없다. 빼고 빼고 또 빼서 최소한의 알맹이만을 남겨 사진 스스로가 말하게 해야 한다.

아마 삶이란 것도 이럴 것 같다. 삶이라는 프레임 안에 이것저것 욕심껏 담으려다가는 결국 아무런 감동도, 주제도 없는 삶이 되어버릴 것 같다. 가장 원하는 것 한 가지만을 붙잡고 다른 여러 가지 맘

에 드는 것들은 잠시 내려두어야 한다. 삶도 사진처럼 그럴 것이다.

김영갑갤러리 두모악에 와서 그의 사진을 마주하고 그가 살았던 삶을 보게 되면, 그의 사진이 곧 그의 삶이었다는 것을 알게 된다. 빼고 빼고 또 빼서 알맹이만 남은 사진, 그래서 스스로 큰 울림을 전하는 그의 사진들처럼 그의 삶도 군더더기 모두 털어내고, 필요한 것마저도 덜어내어 알맹이, 오로지 사진 하나만을 담았다. 그러기에 우리가 보는 그의 사진은 곧 그의 삶인 것이다. 표현할 수 없어도 공감하게 되고, 그래서 감동하게 된다.

아무래도 내 이야기는 이 정도에서 마무리를 지어야 할 것 같다. 김영갑은 작품에 대해 아무런 설명도, 심지어 제목조차도 붙이지 않았는데, 나는 아는 것도 없으면서 공연히 말이 길다. 다시금 그의 글과 사진 모음집을 꺼내 보고 싶다.

그 섬에 내가 있었네

김영갑, 〈두모악 편지〉

내게 있어 제주는, 제주의 사진은, 삶에 지치고 찌들은 인간을 위무하는 영혼의 쉼터입니다. 그저 바라만 보아도 마음의 평화를 얻을 수 있는, 흔들리지 않는 평상심을 유지할 수 있는, 영원한 안식처입니다.

사람들은 그 제주를 두고 천혜의 관광지라거나, 혹은 세계 제일의 청정지역이라고 얘기하지만, 그것은 겉모습의 제주일 뿐입니다. 칠색 띠로 치장하고도 바다는 여전히 겸손합니다. 그 바다에는 수천 년을 이어온 제주인 특유의 끈질긴 생명력이 깃들어 있습니다. 고만고만한 오름에 올라, 드센 바람에 몸을 가누지 못하는 들풀이나 야생화 따위를 보며 느끼는 순응의 미학은 오로지 제주만의 것입니다. 돌서덕밭 한가운데 덩그러니 놓여있는 무덤에서 그들은, 죽음이나 절망 따위가 아니라 삶에 대한 의욕과 희망을 건져냅니다. 그것은, 이제까지 우리가 보지 못했던, 또 다른 제주입니다. 그것을 찾고 싶었습니다. 어느 누구도 이렇다 저렇다 단정 지을 수 없는 제주만의 은은한 황홀을, 가슴으로 느끼지 않으면 다가오지 않는 그 삽시간의 환상을 잡고 싶었습니다. 20여 년 세월을 미친 듯이 쏘다니며 안간힘을 쓴 것은 오로지 그것 때문이었습니다. 마음의 평화를 위해, 일상의 평상심을 유지하기 위해, 이거다 싶을 때마다 그 황홀함을 붙잡으려 무던히도 애를 썼습니다.

하지만, 삶이라는 흐름 속에 마주해야 하는 기쁨이나 혹은 외로움 허무 따위 절망적인 감상까지 씻어줄 것 같은 황홀함은, 그야말로 삽시간에 끝이 나고 맙니다. 단 한 번도 기다려주지 않고 그저 삶을 평화롭게 응시할 것을 주문합니다. 나는, 제주의 가공된 이미지를 만드는 것이 아니라 본디 그대로의 그것을 붙잡으려 애씁니다. 그래서 그저 기다릴 뿐입니다. 그렇게 오랜 세월 동안 나는 사진을 찍는 것이 아니라 이미지를 발견하고 그것이 내 곁에 오래도록 머물게 하기 위해 존재해 왔습니다. 그래서, 나는, 자유입니다.*

---

* 김영갑 갤러리 두모악 홈페이지.

22 초계미술관

초계미술관. 현대 조각으로만 구성된 제주 유일의 미술관. 더불어 내가 머무는 집에서 제일 가까이에 있는 미술관. 매번 지도를 펼쳐놓고 집에서 먼 곳들을 먼저 살피다 보니 정작 제일 가까이에 있는 이곳은 이번 여행에서 아직 가보지 않았다. 멀리 있는 곳들은 이제 거의 다 가봤으니 여유로운 마음으로 초계미술관으로 나섰다.

초계(草溪)는 조각가 최기원 님의 호다. 서울 태생으로 홍익대학교에서 미술을 공부하고 다시 모교 교수가 되어 작품 활동 및 후학들을 양성하다가 어느 날 제주도에 매료되었고, 결국 작업실과 미술관을 지었다고 한다. 최기원 작가에 대해서는 미술평론가 오광수 님이 오래전에 쓴 글이 참고가 되기에 먼저 소개할까 한다.

崔起源씨를 이야기하는 자리에서 으레껏 먼저 언급되는 부분이 1963년 파리 비엔날레의 출품작에 대한 것이다. 당시 파리 비엔날레는 한국이 두 번째로 참가하는 자리여서 출품하는 작가는 물론이려니와 한국미술계의 지대한 관심이 모아지고 있었다. 당시 파리 현지의 코미셔너였던 이일(李逸)의 전하는 바에 의하면 전시장 오픈에 참석했던 문화성 장관 앙드레 말로가 한국의 출품작들에 관심을 보였을 뿐 아니라 유난히 최기원의 작품에 찬사를 보내었다는 것이다. 알려지지 않은 극동의 후진국에서, 그것도 식민지 체험과 민족상잔의 극난한 시대를 겪은 한국이 의외로 그 출품작의 수준이 당시 유럽 여러 국가에 못지않는 당당한 것이어서 호기심과 더불어 경이로움을 자아내기에 충분했을 것으로 짐작된다.

최기원의 출품작에 대한 언급은 이일의 회고로 인용해본다. "최기원의 출품작은 바로 그 당시 우리나라의 미술 풍토를 그대로 반영하듯 일종의 앵포르멜적인 추상조각이었다. 언뜻 고슴도치를 연상케 하는 예리한 선조(線條)구조의 그 작품은 섬세한 용접에 의한 평면 투조(透彫)형태의 것이었으며 청동(靑銅)의 부식(腐蝕)효과와 함께 이끼 낀 세월이 그 속에 숨 쉬고 있는 것 같은 특이한 분위기를 연출하여 전시장의 많은 시선이 이 작품으로 쏠렸던 기억이 난다."*

---

* 도록 『초계미술관』

카페를 겸한 미술관. 해안도로 가에 있지만 거의 언제나 한적하고 조용하며, 창가에 드는 햇볕과 커피향이 좋은 곳. 오늘도 미술관엔 아무도 없다. 매번 느끼는 것이지만 최기원 작가의 작품은 기법 면에서 뚜렷한 특징을 보인다. 바로 대비적 기법인데, 하나의 작품 안에 청동의 매끄러운 면과 부식된 듯한 거친 표면, 밝고 누런 광택과 탁한 푸른색, 원만한 곡선과 예각의 삐침 등을 대비적으로 구성함으로써 미묘한 역동감이 생기는 것 같다. 그래서 가만히 고정되어 있는 작품이지만 어떤 이야기를 상상하게 된다.

전시된 작품들은 크게 세 가지 주제를 갖는데, 탄생(誕生) 시리즈, 그림자놀이 시리즈, 모자상(母子像) 시리즈가 그것이다. 이 세 주제에 대한 작가의 추가 설명은 없지만 작품들을 가만히 보고 있으면 주제에 따라 저마다의 느낌이 있다.

탄생 시리즈의 작품들은 외형적으로 크고 작은 차이는 있지만 그들의 일관된 형태는 물방울이 수면에 닿아 사방으로 튀는 형상이다. '탄생'의 의미는 태어남, 곧 시작이다. 한 생명체의 시작이든 지구라는 거대한 생명의 시작이든 그 탄생에는 물이 필수적이다. 그런 점에서 탄생 시리즈가 보여주는 역동적인 물방울은 탄생의 순간을 표현하는 적절한 상징이라 할 수 있겠다. 또한 이것이 물이 아니어도 상관없다. 잔잔하고 고요하던 표면에 다른 어떤 것이 부딪혀 만들어내는 일렁임은 정적인 상태에서 동적인 상태로의 전환을 의미하며, 이 역시 하나의 시작을 의미하기 때문이다. 이 시리즈에 담긴 작가의 의도는 모르겠지만, 그것에 '탄생'이라는 제목을 붙인 이상, 작품 앞에서 이런저런 이야기를 상상해보는 것은 감상자의 특권이라고 해도 될까. 모르긴 해도, 나는 예술 감상의 재미가 바로 이런 데에 있다고 생각한다.

그림자놀이 시리즈와 모자상 시리즈는 가만 보고 있으면 탄생시리즈로부터 나온 것 같다는 생각을 하게 된다. 특히 그림자놀이 시리즈는 탄생 시리즈의 기법적인 면을, 모자상 시리즈는 탄생 시리즈의 의미를 연장하고 있는 것이 아닐까 하는 생각이다.

그림자놀이는 빛과 손을 이용해 벽면에 형상을 만들어내는 놀이인데 어린 시절 누구나 한 번쯤 해봤을 놀이이다. 작품에 표현된 시원스럽게 뻗어 있는 손가락과 손바닥 안의 덩어리는 예리한 선형과 원형의 대비가 분명하다. 이미 탄생 시리즈에서 보았던 대비적 기법이 무거운 의미를 털고 단순하고 세련되게 표현된 것 같다. 재미있는 것은, 작품을 보다 보면 나도 모르게 손으로 그림자놀이 손모양을 따라 하고 있다는 점이다. 피식 웃음이 난다.

모자상 시리즈는 뭉텅하고 매끄러운 덩어리 몇 개와 간소한 단면으로 표현되어 있는데 그렇게 단순한 표현만으로도 그것이 아이를 안고 있는 어머니임을 알 수 있다. 넉넉하고 따뜻한 품에 자녀를 안고 있는 형상. 단순한 표현 때문인지 의미는 더욱 명료하다. 자연스럽게 어린 시절 엄마 품에 안겨 있던 느낌이 떠오른다.

초계미술관에서 만나는 최기원 작가의 작품들은 작가만의 독창성이 뚜렷하다. 기법이야 다른 사람이 간혹 모방할 수는 있겠으나 작품이 갖는 이 묘한 그리움의 정서는 분명 흉내 내기 힘들 것이라는 생각이다. 그도 그럴 것이 그 느낌은 모방과 흉내에 의해 나오는 것이 아니라 자기 마음에서 나옴으로써만 표현되기 때문일 것이다. 작가의 탄생·그림자놀이·모자상 시리즈를 보고 있노라면, 작가가 그리는 가족의 화목과 부모에 대한 그리움이 헤아려진다. 지난 1963년 파리의 비엔날레에서 생김새도 다르고 말도 다르며 어느 정도의 문화적 우월감도 갖고 있었을 서구의 예술인들이 동양의 변방 한국에서 날아온 작품에 관심과 찬사를 보냈던 것도 그의 작품에 깃든 이 그리움, 향수 짙은 그리움에서 비롯된 것은 아니었을까 추측해본다. 특히 어머니에 대한 그리움의 정서는 문화와 지역, 시대를 초월한 보편적 정서이기 때문 아닐까.

이런 작품을 마주하고 나오는 길은 발걸음이 묵직하다. 도로가 아닌 밭 사이로 난 긴 길을 걸으며 어린 시절의 많은 기억을 떠올렸다. 기억이란 것이 신기해서 어느 때는 생각해 내려고 안간힘을 써도 아무것도 떠오르지 않다가 어떤 계기가 생기면 꼬리에 꼬리를 물고 여러 생각이 떠오른다. 그것도 십 년, 이십 년 전의 일들이 말이다. 그렇게 떠오르는 생각들을 곱씹어 보느라 나는 느린 발걸음으로 한참을 걸었다.

23 설문대여성문화센터

제주도 미술관 여행을 계획하고서 나는 조용히, 혼자서 제주도에 왔다. 그림을 제대로 마주하려면 온전히 혼자만의 시간과 공간이 필요했다. 혼자라야 마음의 울림을 좀 더 민감하고 충실하게 돌아볼 수 있을 것 같았다. 이런 생각이 틀리지 않았는지 제주도에 머물며 새롭고 낯선 것들을 접하고 혼자만의 밤을 보내는 동안 나는 내 맘 속의 여러 감정과 생각들을 돌아볼 수 있었고, 그 가장 아래에서 그리움의 정서를 볼 수 있었다. 그리움, 바로 그림을 그리는 마음가짐이다.

어젯밤에는 문득 친구가 그리웠다. 오랜만에 연락하니 바쁘게 살아온 일을 늘어놓는다. 한참 이야기하다가 내가 제주도에 와있다고 말하자 선뜻 내일 저녁에 와서 짧은 일정을 보내고 올라가겠단다. 어느 겨울엔가 오랜만에 이 친구에게 전화를 걸었을 때 혼자서 제주도에 내려와 있다는 말을 듣고서 그 길로 바로 공항으로 가 제주행 비행기를 탔던 일이 생각났다. 친구 따라 강남 간다는 말. 그다지 좋은 의미로 쓰이지는 않지만, 어떤 면에서는 좋은 의미로 읽을 수 있다. 친구가 가 있는 곳이면 어떤 곳인지 상관없이 가볼 만한 곳 아닌가.

반가운 누군가가 나를 찾아오는 일은 언제나 약간의 기대감과 설렘을 갖게 한다. 저녁에 오기로 한 친구 때문에 나는 아침부터 마음이 부산하다. 그래도 하루를 마냥 그러고 보낼 수는 없어 시내로 나갔다. 향한 곳은 설문대여성문화센터 전시실. 이름만 들어서는 동사무소 부속 문화센터 정도로 생각했는데 실제로 와 보니 넓은 부지에 들어선 상당한 규모의 복합문화센터다.

제주의 역사에서 여성들의 역할과 위상은 육지보다 훨씬 크다. 일반적으로 여성의 이미지는 가냘프고 여린 모습과 생활을 꾸려나가는 강인함, 이렇게 두 가지로 생각할 수 있지만, 제주에서는 후자 쪽 모습이 강하다. 해녀의 모습으로 대표되는 여성의 노동력과 생활력이 삶을 꾸려나가는 중심이 되어 왔던 것이다. 설문대여성문화센터는 남성의 조력자가 아니라 삶을 주도적으로 일구어가는 제주도 전통의 여성성을 기리며 복합문화공간으로 건립되었고, 제주지역의 교육·문화·

정보·인적교류의 장으로 이용되고 있다. 특히 여성역사문화전시관은 설문대할망 신화와 제주의 역사, 역사 속 여성의 모습들을 시대의 흐름에 따라 전시해 놓아 제주 여성의 삶과 역사에 특화된 전시관의 면모를 볼 수 있다. 덕분에 제주 지역 여성문화의 구심점이자 상징적인 공간이라 할 수 있겠다.

짧은 일정을 마치고 밤이 되어 친구가 도착할 시간 즈음 공항에 나갔다. 공항 로비에서 친구가 나올 곳을 바라보고 서서 기다리는 일이 생각보다 즐겁다. 잠시 후 친구를 맞이하고서 미리 예약해 둔, 제주에서 제일 맛있는 고깃집으로 갔다. 외도동에 있는 '기사숯불갈비식당'. 천천히 맛있는 식사를 하며 그간의 일들을 이야기다가 늦은 밤에야 집으로 향했다.

내가 잠시 지내는 곳에서 친구를 맞이한 밤, 나는 친구라는 존재에 대해 생각했다. 알고 지낸 것은 삼십 년 가까이 되고 가까이 지낸 것은 이십 년 가까이 되는 사이. 참 오랜 시간 동안 쇠심줄같이 고집스런 내 성격 잘 참아주면서 여태껏 친구의 자리를 지켜준 친구. 그러고 보면 그 흔한 주먹다짐 한 번 해 본 일이 없다. 작정하고 그런 것도 아닌데 지나고 보니 자랑스러운 타이틀이다. 오래되어 이제는 나를 둘러싼 환경 같은 존재. 지나고 보니 나는 그를 보며 나를 반성하고 그에 의해 성장했다고도 말할 수 있을 것 같다. 가까이서 오래된, 親 舊.

친구라는 이름으로 내 주위를 지켜주는 사람들이 오늘따라 모두 고맙다. 진심으로 고맙다.

24 성이시돌센터

새미 은총의 동산 內의 십자가의 길 14처 조각

짧은 틈을 내어 제주에 왔던 친구가 서울로 돌아갔다. 혼자서 여행한 미술관과 여러 장소도 하나하나 모두 기억에 남지만 친구와 다닌 곳도 선명하게 기억에 남는다. 마라도로 향하는 배 위에서 처음으로 본 날치와 마라도 남쪽 먼 바다 쪽에서 우연히 본 고래, 곽지해수욕장의 장엄한 일몰과 유년 시절을 떠올리게 한 호스 샤워 등. 혼자 하는 여행에서는 그리움을 마주했다면 친구와 함께한 짧은 여행은 철없이 뛰어놀던 어린 시절처럼 마냥 즐겁기만 했다.

친구를 전송하고서 나의 제주도 미술관 여행의 마지막 장소, 성이시돌 센터로 향했다. 성이시돌 단지는 넓은 면적 위에 농촌 개발을 위한 여러 목축 시설들과 의료시설, 교육시설, 종교시설 등을 갖추고 있다. 특히 미술과 관련한 것만을 말한다고 하더라도 많은 지면을 차지할 정도로 역사와 이야기가 많은 곳이다. 그러나 나는 이 넓은 곳 중에서 새미 은총의 동산 안에 있는 십자가의 길 14처 조각에 대해서만 말하고자 한다.

성이시돌 센터 앞 주차장에 차를 세우고 새미 은총의 동산으로 향했다. 입구에는 이곳 이름의 모티브가 된 '새미소'에 대한 설명이 있다. 새미소를 파자하면 샘+이+소(沼: 늪, 연못)가 된다. 이는 은총의 동산 북쪽으로 보이는 듬직한 오름, 세미소오름과 관계가 있다. 세미는 샘을 뜻하는 제주 방언인데 이 오름의 굼부리(분화구)에 물이 고여 있어서 세미소오름이라 불렸고, 그 옆에 연못이 있어서 이를 또 세미소라고 불렀다고 한다. 그 이름을 새미소로 바꾸어 이곳 이름으로 삼았는데, 흥미롭게도 '새미소'를 영어로 Saemi라 쓰고 다음과 같이 설명하고 있다.

S	Sanctus	거룩한
A	Anima	영혼
E	Evangelium	복음
M	Mediator	중재자
I	Imago Dei	하느님의 모상

이름 설명을 지나 동산 안으로 들어가면 예수 생애 공원과 삼위일체 대성당 등을 지나고 십자가의 길에 이르게 된다. 〈십자가의 길〉. 조각가 박창훈 님의 작품이다. 프랑스의 루르드 성지 뒷동산에는 프랑스 조각가 라피가 1989년부터 1911년까지 20여 년에 걸쳐 제작했다는 십자가의 길이 있다고 하는데 그곳에 다녀온 분들에게는 남다른 감상이 될 것 같다.

작품 자체가 종교적인 이야기를 담고 있으니 아무래도 종교 이야기를 해야 할 것 같다. 예수에 대한 기독교의 공식적인 자료는 신약성경의 처음 네 편이 자세하다. 그러나 종교적인 색채를 빼고서 한 인간으로서 이분의 삶에 대해 생각해보면 그 삶이 결코 순탄했다고 말할 수 없다. 출생부터 사람들의 구설에 올랐고, 유년시절 대부분은 자신을 쫓는 국가의 감시망을 피해 옮겨 다녀야 했으며, 청년기에도 한곳에 오래 정착하지 못한 채 자신을 따르는 몇 사람과 함께 많은 지역을 배회했다. 그리고 서른 남짓한 젊은 나이에 십자가에 못 박혀 죽는 극형으로 생을 마감한 분. 당연히 물질적 풍요를 누린 적도 없고 굶기를 밥 먹듯이 했을 것이다. 이를 두고 편안한 삶이라고 말할 수는 없을 것 같다.

십자가의 길은 성경의 내용을 토대로 예수의 마지막 순간을 14개의 상징적 일들로 설정하고 묵상하는 가톨릭 기도 중 하나이다. 새미 은총의 동산 십자가의 길 입구에 세워진 설명은 다음과 같다.

24 새미 은총의 동산 內의 십자가의 길 14처 조각

〈십자가의 길〉은 원래 초기교회 시대에 예루살렘을 순례하던 순례자들이 실제로 빌라도(당시의 총독) 관저에서 갈바리아산까지의 거리를 걸으면서 기도드렸던 것에서 유래합니다. 이 기도는 특히 프란치스코 수도회에 의해 널리 전파되었으며 1731년 교황 클레멘스 12세는 모든 교회에 십자가의 길을 14처로 고정 설립하는 것을 허용하였습니다. 이후 십자가의 길 기도는 전 세계에 퍼져 예수의 수난을 묵상하는 가장 좋은 기도가 되었으며 특별히 사순절에 널리 행해지고 있습니다.

입구에서 이런 설명을 읽고서 나는 조용히 십자가의 길로 들어섰다. 예술 작품들을 보다 보면 어떤 작품 앞에서는 도무지 아무런 말도 할 수 없게 되는 경우가 종종 있다. 커다란 느낌이 마음에 가득한데 정작 말이나 글로는 전할 수 없는 그 느낌. 그저 가슴 가득한 먹먹함이랄까, 묵직함이랄까. 김영갑갤러리 두모악에서도 그랬고, 또 이곳 은총의 동산 십자가의 길에서도 그렇다. 이곳의 14처 조각은 너무도 사실적이다. 고통에 힘겨워하는 표정과 몸부림, 그 옆을 지키는 군사들의 윽박과 비아냥거림, 그것을 지켜볼 수밖에 없는 사람들의 절규와 슬픔 등등. 한 곳 한 곳 지나면서 그 여실한 조각들을 마주하다 보니 이천 년 전의 그 현장에 와 있는 듯 내 마음도 어느새 아래로 아래로 떨어져 내려 먹먹해지고 눈물이 맺힌다. 온몸에 힘이 빠져 발걸음마저 무겁다.

14처의 작품들은 이미 종교적 의미를 떼어 놓고 생각할 수는 없지만 나는 잠시 종교적 시선이 아닌 일상의 시각에서 인간이 보이는 두 가지 모습에 대해 생각하게 된다. 눈앞의 조각 작품에서 나는, 사람이 누군가를 그렇게 괴롭힐 수도 있는가를 보고, 또 반대로 누군가를 위해서, 심지어 자신을 괴롭히는 이들을 위해서까지 기도하는 모습을 보게 된다. 이러한 인내와 희생 앞에서 나는 막연하게만 알고 있던 인간의 숭고함이라는 것이 얼마나 위대한가를 생각한다.

어린 시절, 나에게는 하나의 의문이 있었다. 기독교에서는 예수의 죽음이 모든 인간의 죄를 대신한 희생이라고 말한다. 그러나 과연 인간이 무슨 잘못을 했길래, 그것도 한참 후대인 현재를 살고 있는 우리가 무슨 잘못을 했길래 이천 년 전의 저분이 우리의 죄를 대신해서 죽어야 한단 말인가? 나는 태어나기도 전인데 도대체 나에게 무슨 잘못이 있다는 것인지 의아스러울 뿐이었다. 가끔 친분이 있는 신부님께 말씀을 청하기도 했지만 사고력이 충분하지 않은 그 시절엔 신부님의 설명을 이해할 수 없었고, 그 궁금증은 조용히 묻혀 지나가버렸다. 그러다가 몇 년 전 우연히 읽은 책에서 예수의 희생에 대한 해설을 읽게 되었고, 그 희생이라는 것을 조금이나마 이해하게 되었다. 내게는 머릿속에 작은 빛이 켜지는 느낌이었기에 여기에 옮겨 본다.

우리가 타락하지 않았다면 이 모든 일이 순조롭게 이루어졌을 것입니다. 그러나 불행히도 지금 우리는 하나님이 그 본성상 절대 하시지 않는 일— 항복하고 고통을 겪으며 복종하여 죽는 일—에서 그의 도움을 필요로 하고 있습니다. 하나님의 본성에는 이런 일에 들어맞는 요소가 하나도 없습니다. 즉 하나님의 인도가 가장 필요한 이 길은 하나님의 본성상 한 번도 가 보신 적이 없는 길입니다. 하나님은 그분이 가지고 있는 것만을 나누실 수 있습니다. 그런데 이것은 본성상 그가 가지고 있지 않은 것입니다. …중략… 하나님의 죽음을 나누어 가질 때만 우리는 회개라는 죽음을 시도할 수 있습니다. 그러나 하나님이 죽지 않는 한 우리는 그의 죽음을 나누어 가질 수가 없습니다. 그리고 하나님은 인간이 되지 않는 한 죽으실 수 없습니다. 이것이 그가 우리의 빚을 갚으셨으며 그로서는 전혀 겪을 필요가 없는 고통을 우리를 위해 겪으셨다는 말에 담긴 뜻입니다.*

이것이 예수의 희생에 대한 기독교의 정설인지는 모르겠지만, 이 설명을 통해 나는 예수의 희생이라는 것에 대해 이해할 수 있었다. 그리고 여기 십자가의 길 14처를 걸으면서 생생하게 표현된 그분의 희생에 마음 깊은 감사를 느끼게 된다. 작품들 앞에서 내가 그토록 한없이 먹먹해진 것도 어쩌면 이렇게 이해한 그의 희생을 직접 눈앞에서 마주했기 때문일지도 모르겠다.

삼나무 사이로 흐르는 바람 소리를 유난히도 크게 들으며 무거운 발걸음으로 십자가의 길을 걷다 보면 묵주기도의 호숫가로 접어든다. 호숫가 초입에 있는 14처를 지나고 또 조금 걷다 보면 예수의 부활을 주제로 한 제15처가 마련되어 있다. 죽음이 끝이 아님을 보여주는 희망적인 교리이다. 그렇게 호숫가를 걸으며 나는 상(像)이라는 것에

---

* Clive Staples Lewis, 장경철·이종대 옮김, 『순전한 기독교』, 서울:홍성사, 2007. 102쪽.

대해, 종교에 대해 생각했던 옛 기억을 떠올렸다.

몇 해 전 경주시 일대를 여행했다. 무수한 불상과 석탑, 유물들을 돌아보며 내가 느낀 것은 그 조각들에 담긴 옛사람의 '그리움'이었다. 돌을 쪼고 나무를 깎는 마음은 재주를 뽐내기 위함도, 부유함을 드러내기 위함도 아니었다. 돌과 나무를 쪼아 자기가 그토록 보고 싶어 하는 누군가를 그려내었던 것이다. 그러한 간절함이었기에 우리의 자랑 반가사유상이 태어나고, 또 그러한 염원이 모여 탑이 세워졌던 것이다.

종교란 모름지기 이래야 할 것 같았다. '나를 믿어라', '무조건 믿어라'로 시작하는 종교는 종교가 아닐 것이다. 종교는 지도자 한 사람이나 어떤 교리 체계 아래에 사람들을 억지로 끌어다 앉히는 것이 아니다. 참된 종교는 사람을 사랑하는 바탕 위에서 자신이 깨달은 삶의 진리를 전하고, 또 그러한 마음에 감동하고 공감한 사람들이 자발적으로 그의 곁에 모이게 됨으로써 형성되는 것이 아닐까 생각했다. 맹목적인 '나를 따르라'가 아니라 '너를 사랑한다'가 전제가 되는 동행. 생각해보면, 그러한 가르침 아래에 모인 사람들이라야 각자 제 주머니 속 빵을 나누어 오천 명도 넘는 사람들이 모두 배불리 먹을 수 있을 것 같다.

종교라는 것이 분명 일정 부분은 교리와 의례에 기초를 두고 있다 하더라도, 적어도 그것을 대하는 마음의 기초는 가르침을 남긴 그 사

24 새미 은총의 동산 内의 십자가의 길 14처 조각

람에 대한 '그리움'일 것이라는 생각이다. 그리고 이는 비단 종교에서만 그런 것이 아니라 사람들 사이의 모든 관계의 기초도 그 밑에는 '그리움'의 정서가 깔려야 한다. 그리움이 사랑을 낳고 용서도 낳으며, 적절한 그리움으로 관계가 깊어진다. 그래서 어떤 시인은 '그대가 곁에 있어도 나는 그대가 그립다'라고 말했는지 모른다.

호수를 한 바퀴 돌아 나오며 나는, 잘은 모르지만 결국 예술과 종교, 그리고 모든 관계의 시작이 그리움이라는 사실에 마음이 훈훈해진다. 이곳 십자가의 길을 걸으며 내 마음이 그토록 무거웠던 이유가 예수에 대한 그리움 때문이었다는 사실에 지금껏 한없이 먹먹하기만 하던 그 느낌이 따뜻하게 받아들여진다. 그리고 생각이 여기에 이르자 문득 이곳을 조성한 조각가 박창훈 님에게 생각이 미친다. 예수를 조형할 수 있는 흔치 않은 기회 앞에서 그의 마음은 어땠을까. 또한 자신의 작품에서 사람들이 예수를 느끼고 묵상할 것이라는 그 무거운 마음의 짐을 그는 어떻게 짊어졌을까. 그런데 성이시돌센터를 둘러보며 한구석에서 발견한 그의 짧막한 말에서 나는 다시 한 번 마음 깊이 감동하게 되었다.

"한 조각가의 창작의 힘겨움이나 노동의 고단함보다 더 힘든 것은 재현과 표현에 대한 채워지지 않는 욕심이었습니다. 이 한계와 부족함을 봉헌하겠습니다." — 조각가 박창훈 요한.

부족함을 봉헌한다는 작가의 이 말이 꽤나 오랫동안 기억에 남을 것 같다.

24 새미 은총의 동산 內의 십자가의 길 14처 조각

성 이시돌(St. Isidore the Farmer, 1070~1130)

이시돌은 에스파냐의 마드리드(Madrid) 근교에서 태어났으며 집 근처에 있는 후안 데 베르가스(Juan de Vergas)의 영지에서 노동자로 일했다. 그의 신심은 매우 깊었고, 수많은 기적을 행한 것으로 알려졌으며, 자신도 가난했지만 작은 것이라도 함께 나누는 실천적인 삶을 살았다.

땅을 극진히 사랑하여 농사짓는 일에 열성을 다하였으며, 주일에는 성당에서 성체조배로 많은 시간을 보내느라 일을 하지 않았기 때문에 같은 농장에서 일하는 일꾼들이 주인에게 게으름뱅이라고 고자질했다. 그 말을 들은 주인이 보니, 이시돌은 쟁기 하나로 밭을 갈고 있었지만 이상하게도 고랑은 세 개씩 생기는 것을 보았고, 그로부터 이시돌은 '천사와 함께 밭을 갈아 세 사람 몫의 일을 한다'고 하여 세상에 널리 알려지기 시작했다.

그는 착하고 선심 깊은 여인 마리아 토리비아(Maria Toribia)와 혼인을 하여 아들을 낳았으나, 어렸을 적에 병으로 잃었다. 이들 부부는 동정심이 많은 사람들이어서 항상 곤란에 처한 이웃과 사귀었으며, 거리의 빈민굴에서 불쌍한 사람들을 돕고 다녀 여러 사람들로부터 존경을 받았다.

1619년 교황 바오로 5세(Paulus V)에 의해 복자품에 올랐고, 이어 1622년 3월 12일 교황 그레고리우스 15세(Gregorius XV)에 의해 시성 되면서 농부와 마드리드시의 수호성인이 되었다. 1947년 2월 22일에 카톨릭 교회는 이시돌 성인을 국제 가톨릭 농민 협의회와 모든 농민의 주보로 정하였고, 같은 해에 미국 국립 농촌 생활 위원회의 수호성인으로 선포되었다.*

---

* 성 이시돌 센터.

마지막 날 애월 커핀그루나루

마무리는 언제나 짧기만 하다. 밤을 새운, 애인과의 긴 통화도 그 끝은 '잘자'라는 한 마디이고, 흥미진진했던 긴 소설과 영화도 그 마무리는 언제나 순식간이다. 내일이면 돌아가야 하는 이 시점에서 긴 여정에 비해 너무나 짧기만 한 이 마침이 아쉽다.

하루 종일 바닷가에 있을 생각에 책 한 권과 카메라만 챙겨 들고 애월 바닷가로 향했다. 바다를 보다가 산책길을 걸어 커핀그루나루에

갔다. 오전이라서 사람이 많지 않았다. 2층에 오르니 이미 혼자 온 여행객 두 명과 한 쌍의 커플이 조용히 자신들의 시간을 보내고 있었다. 나도 바다가 잘 보이는 곳에 자리 잡고 앉았다. 어쩌면 또 한참을 기다려야 볼 수 있는 바다. 이 소리, 이 냄새, 이 햇살. 눈앞에 두고 있어도 그립다.

미술관 여행을 계획하긴 했지만 미술관만을 다니진 않았다. 오랫동안 소원(所願)했던 한라산을 등반했고, 마라도엔 두 번, 비양도 한 번, 이외에도 여러 오름을 올랐고, 바닷가에 서 있던 적은 셀 수 없으며, 어느 풍경 좋은 곳을 만나면 멈추기 일쑤. 버스 여행은 꼭 사전으로 단어를 찾는 것 같았다. 궁금한 단어를 찾아 이리저리 뒤적거리다가 우연히 흥미로운 단어를 만나게 되는 것처럼, 가려는 곳을 향해 가다가 우연히 지나는 곳에서 멋진 풍경과 인연을 만나는 여행이었다. 목적지에 가는 길이 좀 늦어질 순 있지만 그 순간의 만남은 그때가 아니면 다음을 기약할 수 없기에 역시 그냥 지나칠 수만은 없었다. 그래서 어느 때는 버스를 기다리는 그 시간이 그렇게도 행복할 수가 없었다.

홀로 한 달간의 여행. 감사한 날들이었다. 집에 돌아가면 그 순간부터 다시 일상이겠지만, 제주에서의 삶도 어차피 일상이었다는 점에서, 나는 제주에서 마주한 내 마음을 오랫동안 기억하고 싶다.

에필로그

제주는 내게 어떤 곳인가.

에필로그를 쓰기 위해 책상에 앉아 썼다가 지우고, 또 썼다가 지우기를 반복하고 있다. 그러다가 문득, 제주는 내게 어떤 곳인가 하는 물음이 떠올랐다.

여러 장소와 분위기를 기억하고, 같이 여행했던 가족과 친구들, 만났던 사람과 겪었던 일들이 생각난다. 그것들을 모두 아울러 딱 한마디로 말한다면 어떻게 말할 수 있을까.

상당히 오래전, 제주에 착륙하기 직전 비행기 안에서 썼던 글을 뒤적거려 찾았다.

"단지 비행기의 조그만 창에 제주의 땅이 슬쩍 보였을 뿐인데, 내 가슴은 요동치기 시작했다.

마치 내가 있어야 할 곳에 온 것 같은 느낌이 든다.

이 느낌은, 이곳이 내겐 타향, 즉 내가 이방인이기 때문이기도 하지만, 한편으론 내게 너무도 풍성한 기억과 환상을 주기 때문이기도 하다.

내가 얼마간의 시간 동안 제주에 정착하게 된다면, 그래서 이곳이 익숙해진다면 지금의 이 느낌이 사라질까?

그러지 않으리라 믿는다.

제주는 내게 묘한 그리움을 안긴다.

가끔씩 찾아오지만, 또 나는 언제까지고 이방인일 수밖에 없지만, 서울 하늘에서도 나는 문득문득 제주의 하늘과 구름, 바다와 바람을 떠올린다.

오늘, 제주의 달이 밝다."

한 달을 머물고 돌아오면 요동치던 가슴이 좀 가라앉을까 싶었지만, 전혀 그렇지 못하다. 맑은 밤이면 나는, 숙소의 큰 창으로 바라보던 제주의 바다와 옥상에 올라 밤하늘을 향해 카메라 셔터를 열어 놓던 일이 떠오르고, 비가 오면 비에 젖은 돌담이, 바람이라도 불면 서귀포 바닷가의 거센 바람이 생각난다. 서울 하늘 아래에 있어도 나는 여전히 제주도의 이곳저곳을 그린다.

그리고 다시 묻는다.

제주는 내게 어떤 곳인가.

서불진언 언불진의(書不盡言 言不盡意)! 글은 말을 다 담지 못하고, 말은 뜻을 다 담지 못한다는 옛사람들의 말이 옳구나 싶다. 여전히 그립다.

....

제가 이 여행을 떠난 것은 2013년, 한여름의 뜨거운 더위가 한풀 꺾여가던 시절이었습니다. 하루도 집에 붙어있지 못하고 자고 일어나면 가방과 카메라 챙겨 나갔다가 해 질 무렵에나 돌아오곤 했던 날들. 행복한 여행이었습니다.

여행을 마치고 돌아와서 매일 썼던 일기와 메모를 정리해 엮어 두었고, 한참을 묵혔다가 이제야 다시 꺼내어 손질하고 책으로 엮습니다.

그 사이 몇 차례 제주도에 다녀왔고, 몇 군데의 미술관을 다시 가보니 대체로 그때의 모습을 그대로 보여주고 있어서 안심입니다. 도시에서의 3, 4년은 까마득하게 많은 일들이 벌어지지만 여느 시골이 그렇듯 제주에서의 시간도 느리게 흘러가는 것만 같습니다.

도시화의 거대함은 그 속에 깃든 사람을 자꾸만 억누르는 느낌입니다. 걷기 보단 뛰게 하고, 함께하기 보단 혼자 하게하며, 멀리 보는 시야를 가리고, 여리고 작은 소리를 묻어 버리곤 합니다. 그렇게 지내다 보니 어느새 저는 김수영 시인의 말처럼, '조그마한 일에만 분개하고' 있습니다.

돌아보면, 스스로 작아진다는 자각이 일어 어딘가로 떠나고 싶을 때 제주도를 찾았던 것 같습니다. 오름 위에서 멀리 수평선을 보는 눈, 바닷가에서 모래 흔드는 파도소릴 듣는 귀, 자연이 귀한 줄 아는 푸근하고 너른 마음. 제주에서는 자연의 자연스러움을 몸으로, 마음으로 그대로 받아들이게 됩니다. 천혜의 땅 제주.

그럼에도 제주는 여전히 이러저러한 말로는 다 그릴 수 없는 무언가를 간직하고 있습니다. 그래서 저는 또 묻게 됩니다.

제주는 내게 어떤 곳인가.

부록 1: 미술관 정보

1. 이중섭미술관

   주소: 서귀포시 이중섭거리 87 / 서귀동 532-1번지

   전화번호: 064-733-3555

   홈페이지: http://jslee.seogwipo.go.kr

   운영: 09:00~18:00(7~9월 09:00~20:00) / 성인 1,000원

   휴관일: 매주 월요일, 설날, 추석, 1월1일

   할인: 작가의 산책길 미술관 통합입장권(성인 1,300원)을 구매하면 이중
      섭미술관, 기당미술관, 서복전시관을 할인가격으로 관람할 수 있다.

   * 이중섭거리가 시작되는 곳에 이중섭미술관 창작스튜디오 전시실이 있다.

2. 소암기념관

   주소: 서귀포시 소암로 15 / 서귀동 157-2

   전화번호: 064-760-3511~4

   홈페이지: http://soam.seogwipo.go.kr

   운영: 09:00~18:00 / 무료관람

   휴관일: 매주 목요일, 1월 1일, 설날, 추석

   * 소암기념관 맞은편에 정방디피사가 있다.

3. 서복전시관

   주소: 서귀포시 정방동 100-2

전화번호: 064-763-3225

운영: 09:00~18:00 / 성인 500원

휴관일: 연중무휴

4. 왈종미술관

주소: 서귀포시 칠십리로 214번길 30 / 서귀포시 동홍동 281-2

전화번호: 064-763-3600

홈페이지: http://walartmuseum.or.kr 또는 페이스 북 〈왈종미술관〉

운영: 10:30~18:00 / 성인 5,000원

휴관일: 매주 월요일, 1월 1일

5. 북촌 돌하르방공원

주소: 제주시 조천읍 북촌 서1길 70

전화번호: 064-782-0570

홈페이지: http://www.dolharbangpark.com

운영: 09:00~18:00(동절기~17:00) / 성인 7,000원

휴관일: 연중무휴

6. 월정리해변

주소: 제주시 구좌읍 월정리

7. 마라도 기원정사의 갤러리 평화원

주소: 제주특별자치도 서귀포시 대정읍 가파리 736

전화번호: 064-792-8518

카페: http://cafe.daum.net/maradotemple

8. 오백장군갤러리: 제주 돌문화공원 內

　　주소: 제주시 조천읍 남조로 2023

　　전화번호: 064-710-7731~3

　　홈페이지: http://www.jejustonepark.com

　　운영: 09:00~18:00 / 성인 5,000원(제주돌문화공원 입장료)

　　휴관일: 매월 첫째 주 월요일(해당일이 공휴일인 경우 개관)

9. 기당미술관

　　주소: 서귀포시 남성중로 153번길 15 / 서귀포시 서홍로 621

　　전화번호: 064-733-1586

　　홈페이지: http://gidang.seogwipo.go.kr

　　운영: 09:00~18:00(7월~9월은 20:00까지 연장운영) / 성인 400원.

　　휴관일: 1월1일, 설날, 추석, 매주 월요일

10. 뷰크레스트

　　주소: 서귀포시 태평로 120번길 36호 / 호근동 411번지

　　전화번호: 064-738-0388

　　홈페이지: http://www.vuecrest.co.kr

　　운영: 09:00~18:00(11월~2월: 10:00~17:00) / 무료관람

　　휴관일: 매주 수요일

11. 추사관

　　주소: 서귀포시 대정읍 추사로 44 / 안성리 1661-1번지

　　전화번호: 064-760-3406

운영: 09:00~18:00 / 성인 500원

휴관일: 연중무휴

12. 연갤러리

주소: 제주시 연북로 583 / 이도2동 680-4

전화번호: 064-757-4477

홈페이지: http://blog.naver.com/yeon5577

이메일: yeon5577@naver.com

운영: 10:00~18:30 / 무료관람

13. 제주도립미술관

주소: 제주시 1100로 2894-78

전화번호: 064-710-4300

홈페이지: http://jmoa.jeju.go.kr

운영: 09:00~18:00(7월~9월: ~20:00) / 성인 1,000원

휴관일: 매주 월요일, 1월 1일, 설날, 추석

14. 문화공간 양

주소: 제주도 제주시 거로남 6길 13 / 제주시 화북2동 3486-1

전화번호: 064-755-2018

홈페이지: http://www.culturespaceyang.com

운영: 12:00~18:00 / 무료관람

휴관일: 매주 일요일, 월요일

15. 갤러리 JIN

주소: 제주시 한경면 저지리

16. 방주교회

　주소: 제주특별자치도 서귀포시 안덕면 상천리 427

　전화번호: 064-794-0611

　개방시간: 오전 10~12시, 오후 1시~4시

　휴무일: 매주 월요일, 공유일.

17. 박여숙 화랑: 제주 & 물(水)·바람(風)·돌(石)·두손 미술관

　주소: 서귀포시 안덕면 상천리 산62-3

18. 용수성지: 성 김대건신부 제주표착 기념관

　주소: 제주시 한경면 용수리 4266

　전화번호: 064-772-1252

　홈페이지: http://www.kimdaegun.net

　운영: 10:00~17:00 / 무료관람

　휴관일: 매주 월요일.

19. 섭지코지의 글라스하우스 / 20. 지니어스 로사이

　주소: 서귀포시 성산읍 고성리 127-2번지(휘닉스 아일랜드)

　전화번호: 064-731-7791/ 064-731-7762

　홈페이지: http://www.phoenixisland.co.kr

　비수기: 토·일요일 개관 09:00~18:00(기기점검시간 12:00~13:00)

　7~8월은 상시운영: 09:00~19:00 / 성인 2,000원

　* 글라스하우스 1층에 파랑갤러리가 있다.

21. 김영갑갤러리 두모악

주소: 서귀포시 성산읍 삼달리 437-5 / 삼달로 137

전화번호: 064-784-9907

홈페이지: http://www.dumoak.co.kr

운영: 봄·가을 09:30~18:00(여름 ~19:00 / 겨울 ~17:00) / 성인
3,000원

휴관일: 매주 수요일, 설날, 추석 당일

22. 초계미술관

주소: 제주시 애월읍 하귀2리 2742번지

전화번호: 064-713-2742

홈페이지: http://www.chogyeartmuseum.com

운영: 10:00~19:00(동절기 ~18:00) / 무료관람 / 이곳에서 판매되는
커피가 일품인데, 판매되는 수익금 전액은 제주 지역 내 젊은 청년
조각가들의 작품 활동 지원기금으로 조성되어 사용된다.

휴관일: 매주 월요일

23. 설문대여성문화센터

주소: 제주시 선덕로 8길 12 / 연동 324 10

전화번호: 064-710-4246

홈페이지: http://swcenter.jeju.go.kr

운영: 09:00~18:00(토요일 09:30~17:30) / 무료관람

휴관일: 공휴일

24. 성이시돌센터: 새미 은총의 동산 內의 십자가의 길 14처 조각

　　주소: 제주시 한림읍 금악리 110

　　전화번호: 064-796-0396

　　홈페이지: http://www.isidore.or.kr(성이시돌 피정의 집)

〈그 외의 미술관〉

♣ 갤러리 카멜리아: 카멜리아 힐 內

　　주소: 서귀포시 안덕면 상창리 271

　　전화번호: 064-792-0088

　　홈페이지: http://www.camelliahill.co.kr

　　운영: 08:30~19:00(동절기 ~18:00) / 성인 7,000원

　　휴관일: 연중무휴

♣ 갤러리하루

　　주소: 서귀포시 동문로 25. 2층 / 서귀동 280-13

　　전화번호: 064-762-3322(쿠키: 064-732-3920)

　　홈페이지: http://cafe.naver.com/galleryharu

　　클럽: http://club.cyworld.com/galleryHARU

　　운영: 무료관람

♣ 바당갤러리

　　주소: 서귀포시 대정읍 일과리 1924-3

홈페이지: http://www.badang-gallery.com

관람료: 3,000원

♣ 백록초등학교 복도미술관

　주소: 제주시 정존5길 62 백록초등학교

　전화번호: 064-746-9452

　홈페이지: http://www.bn.es.kr/home/home.jsp

♣ 본태박물관

　주소: 서귀포시 안덕면 상천리 산록남로 762번길 69 / 상천리 380

　전화번호: 064-792-8108

　홈페이지: http://www.bontemuseum.com

　운영: 10:00~18:00(금·토·일요일은 ~18:30) / 성인 10,000원

　휴관일: 연중무휴

♣ 비아아트아트센터

　주소: 제주시 관덕로 15길 6호 / 일도 1동 1323-1

　전화번호: 064-723-2600

♣ 성안미술관

　주소: 제주시 중앙로 470 / 아라1동 2349-1

　전화번호: 064-729-9175

　홈페이지: http://www.jejuseongahn.org

　카페: http://cafe.daum.net/seongahnart

　운영: 10:00~18:00 / 무료관람

휴관: 매주 월요일, 국경일(명절연휴 포함)

♣ 아트스페이스 씨

　주소: 제주시 중앙로 69호 나이키 건물 3층 / 이도1동 1368-5번지

　전화번호: 064-745-3693

　홈페이지: http://www.artspacec.com

　운영: 특별전 12:30~19:30, 상설전 14:00~18:00 / 전시회 사이나 상
　　　설전 기간에 휴관일이 있고, 상설전시는 화·수·목요일 개관하지만 전
　　　화해서 먼저 일정을 확인하고 방문하는 것이 좋다.

♣ 우산미술관: 제주아트랜드 內

　주소: 제주시 구좌읍 번영로 2172-80

　전화번호: 064-783-6700

　운영: 09:00~19:00(동절기: ~18:00) / 성인 9,000원

　휴관일: 연중무휴

♣ 신산갤러리

　주소: 제주시 신산로 82 / 일도2동 837-20

　전화번호: 064-727-7802

　운영: 전시일정에 따라 오픈

♣ 제주국제예술센터

　주소: 서귀포시 대정읍 서삼중로 117 / 대정읍 무릉1리 3296

　전화번호: 064-792-3387 / 02-735-4237(예술센터 서울사무소)

　홈페이지: http://cafe.naver.com/jaccamping

운영: 전화로 오픈 확인 후 방문하는 것이 좋다

♣ 제주도립 김창열미술관
  주소: 제주시 한경면 저지리 2120-82
  전화번호: 064-710-3423
  홈페이지: kimtschang-yeul.jeju.go.kr
  운영: 09:00~18:00(7월~9월: ~ 20:00) / 성인 1,000원
  휴관: 매주 월요일, 1월 1일, 설날, 추석

♣ 제주문예회관
  주소: 제주시 동광로 69
  전화번호: 064-710-7631
  홈페이지: http://www.jejuculture.or.kr
  운영: 전시일정에 따라 오픈 / 무료관람

♣ 제주현대미술관 본관&분관
  주소: 제주시 한경면 저지14길 38
  전화번호: 064-710-7801
  홈페이지: http://www.jejumuseum.go.kr
  운영: 09:00~18:00(7월~9월: ~19:00) / 성인 1,000원(본관)
  휴관: 매주 수요일, 1월1일, 설날, 추석.

♣ 포토갤러리 자연사랑미술관
  주소: 서귀포시 표선면 가시리 1920-1
  전화번호: 064-787-3110

홈페이지: http://hallaphoto.com

운영: 10:00~18:00 (동절기: ~17:00) / 성인 2,000원

♣ 현인갤러리

주소: 제주시 서사로 43 / 삼도2동 801 7

전화번호: 064-747-1500

운영: 무료관람

부록 2: 미술관 분포도

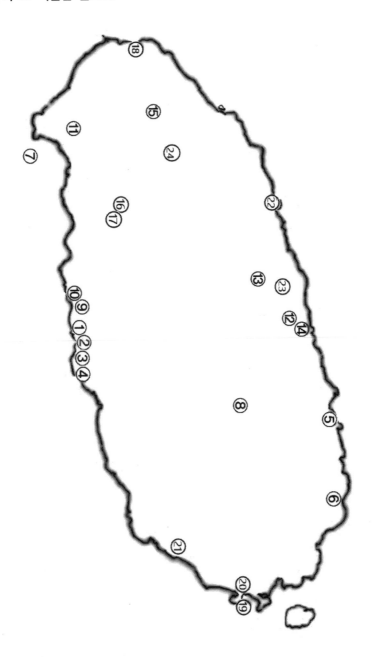